我的賽克洛斯

山白朝子

高詹燦 譯

地の有縁より移るとも彼堂宇を営むて我

像を安置せよ必子孫をーーーく幸福あらっしゃんとなり

依く直よ當寺を開創して此靈像を安しまるといふ

光善の遠孫此地はあるまた今猶連綿として

洲崎明神祠海道の右側よあると普門寺別當より安房

國崎より　　　　志料ふ天比理乃咩

命を祭ると源平盛衰記ふ洲崎明神八八幡大菩薩

を祝まるとも八兩説を拳く疑と存を

熊野権現社神奈川本宿町海道より右ゆあよ別當八

金藏院東曼陀羅寺と号ふ新義真言宗之當社清八

野権現山の頂よ勧請し熊野権現山の草祠を再せり

地権現山の頂あを勧請しこの地へ移されよ

滝の橋本宿西の町と滝の町との間海道を横きり流る

目錄

我的賽克洛斯

一

主要的幹道上設有關口，沒許可證不得通行。據說藝人和力士不是出示通行證，而是藉由表演來獲得通行。但如果是像我這種一般市街的女人，就不能這麼做了。因為我不會表演，而且又是女人。

有句話說「防槍炮進，防女人走」。官府指示，運往江戶的槍炮，以及從江戶離開的女人，都要特別提防，仔細檢查。限制槍炮運往江戶，這我明白，但從江戶離開的女人，為何幕府會如此在意呢？

答案在於大名[1]的「參勤交代」制度。大名們要定期往來於江戶和自己的領地，每次都得要有大批人馬列隊而行，所以花費龐大。但幕府看準的正是這點。強制要大名們花錢，削弱其勢力，不讓他們起兵謀反，這才是幕府真正的目的。而且幕府還下令，大名們返回各自領地的這段時間，必須讓妻兒留在江戶，這帶有人質的意思。只要在江戶掌控大名的妻兒，大名就算回到自己的領地內，應該也不敢輕舉妄動。大名的妻兒是人質，所以幕府會隨時掌握其行蹤，未經許可，不准離開江戶。倘若大名的妻子喬裝易容，想通過關口，便會被視為意圖謀反，受到懲罰。為了不讓大名的妻子闖出關口外，幕府會對從江戶離開的女人展開嚴密檢查，所以才會有「防槍炮進，防女人走」這樣的說法。

「真是太好了，他們還把妳當女人看呢。」

只有我在通關時花了點時間。和泉蠟庵老師那名總是臉色欠佳的隨從耳彥，對我如此說道。

「耳彥先生才是呢，竟然也能夠成功通關。讓你這種長相陰沉的人通關，實在太奇怪了。如果我是把守關口的差役，絕不會放你通行。」

「長相陰沉的人就不能出外旅行是嗎？」

「你所到之處，會造成人們的困擾。請向各藩見過你尊容的人們道歉。」

每當我和耳彥鬥嘴，蠟庵老師就會居中調停。

「你們兩位還是一樣感情好呢。好了，我們出發吧。輪，能順利通關，真是太好了。」

「是啊。」

我的名字叫輪，車輪的輪，同時也是輪迴的輪。平時我在江戶的一家大型書店工作。

「像我就曾經被誤會成是女扮男裝，被迫脫衣驗明正身。」

蠟庵老師背著行囊說道。老師的長髮在腦後綁成一束，像馬尾般垂放著，過往的行人看了都會以為是女人而回頭多瞧一眼。他以寫旅遊書為業，造訪各地的名勝古蹟和溫泉勝

1. 日本江戶時代，幕府賜予領地的武士。相當於中國的諸侯。

地，撰寫成書。向來很關照我的書店老闆，委託蠟庵老師寫旅遊書，所以我也與老師同行，從旁協助。

隨從耳彥問。

「蠟庵老師，我有個疑問，我們能否不走關口，改走山路繞道而行呢？」

「應該可以吧。不過要是被發現，會被處磔刑[2]，所以不建議這麼做。況且，在深山中行走，沒人帶路非常危險，不知道會出現什麼。山裡住著各種東西，要是真涉足其中，便會發現那裡不是我們熟悉的場所。」

蠟庵老師看待任何事似乎都很達觀，以處之泰然的神情應道。他彷彿能看清一切事物。……不過，這或許是我自己想多了。

「蠟庵老師！你為什麼走在筆直的道路上也會迷路?!」

如果他真能看清一切事物，應該看得懂地圖才對吧。根據事前的計畫，過午應該就能抵達兩側都是禮品店的宿場町[3]才對。但不知不覺間，我們竟闖進一條四周杳無人煙的獸徑。

「用不著那麼生氣，這是常有的事。」

「要是因迷路而延長旅行的時程，我們店裡的花費會高出許多！」

旅行的經費由書店負擔。倘若花費增加，我這趟跑腿費恐怕會因此刪減。不過話說回來，這個人還真是嚴重的路癡。看他自信滿滿地啟程前行，結果竟然又回到一早出發的地點。這次絕不再迷路——他心裡這麼想，很謹慎地對照地圖選路，結果又回到前天投宿的宿場町。就算是由我來選路，走在前頭，但只要有蠟庵老師同行，不知為何就是會迷路。有時明明沒打算要渡海，卻闖進一座小島；有時甚至出現在大門深鎖的城堡內。

「別緊張，總會有辦法的。」

耳彥打著呵欠應道。這名隨從可能早已習慣蠟庵老師那無可救藥的迷路毛病了。

然而，不幸的事總是突然來訪。那天我就遇上了這種事。正當我們走在山路上時，我突然與蠟庵老師和耳彥走散了。

「蠟庵老師！喂——耳彥先生！你們在哪兒啊？」

不知何時，他們兩人的背影從我眼前消失。

「有人嗎？有人在附近嗎？」

我不斷叫喊，走了三天三夜。每當入夜後，四周一片漆黑，遠處總會傳來不知是野狗還是野狼的長嗥。我身上的飲水已用盡，只好趴在地上喝水窪裡的泥水；食物吃光了，只好吃野草和野菇充飢。儘管如此，還是飢餓難耐，頭腦昏沉沉。我沒發現自己走在一處陡

2. 將罪犯綁在柱子上，以長槍刺死的公開刑罰。
3. 宿場相當於中國古代的驛站。

坡上，不小心腳底踩滑，就此滑落，頭部撞向岩壁，扭傷了腳踝，無法站起身。我無法挪動身軀，心想，這下真的非死不可了。

我並不害怕。坦白說，過去我經歷過無數次的死亡，但這又是另一個故事了。此事我連對蠟庵老師也沒說，是我隱藏已久的祕密。我這次的人生似乎將要結束，這下又得變回小嬰兒，從頭開始了。正當我在心中如此暗忖時，視線逐漸變得模糊，最後終於失去意識。

接下來，我處於半夢半醒的狀態。

感覺有某個巨大的東西靠近我。

地面搖晃，四周樹木窸窣作響，傳來撥開枝葉的聲音。

我被人抱起，運往他處。

被摟在健壯的手臂中，帶往深山。

有人用生硬的動作，將黏稠的東西流入我口中。

那東西難以下嚥，但我明白它充滿營養。

我從沉睡中醒來，發現自己置身在一個鋪有木板地的房間裡。天花板和牆壁都殘破不堪，但相當寬敞。我發現自己好像獲救了，接著旋即又暈了過去。過了半晌，傳來木板地的嘎吱聲。我閉著眼睛，感覺到某個強烈的視線。有人正在望著我。

我惴惴不安地睜開眼，發現有名巨大的男子正窺望著我。男子並非普通人，身高足足是我的三倍高。不，還要更高。他的頭幾乎都要抵到天花板了。他雙膝跪地，趴在地上，把臉湊了過來。

「妳、妳、妳……不怕我嗎……？」

男子問。其實我很想放聲尖叫，只是發不出聲音罷了。男子披頭散髮，身上的衣服殘破不堪。他的手腳粗大，全身肌肉虬結，閃閃生輝，宛如鋼鐵一般，而且體格高大。木板地承受不了男子的重量，為之彎撓，似乎隨時會被壓垮。

「妳不怕我嗎？我還是第一次遇見這樣的人……」

男子的臉貼得更近了。我的身影映在他的瞳孔中。他明顯還有一個異於常人之處：男子窺望我的眼睛，就只有一顆。意思不是他少了左右眼其中一顆，而是他的臉部中央就只有一個眼窩，裡頭有一顆眼球。他眼睛與臉部的大小比例，也比尋常人要大得多。鼻子和嘴巴長在臉部下方，那顆獨眼幾乎占去他整張臉。

「……賽克洛斯。」

從我喉中發出沙啞的聲音。國外傳來的書籍中，寫有與這個名字相關的記載。他又叫做庫克洛普斯[4]，是獨眼巨人的名字。要是惹惱了巨人，被他生吞活剝的話，那可萬萬不可，於是我只好佯裝若無其事。

二

我躺在一棟空曠冷清的房子裡，裡頭只有一間鋪有木板地的寬敞房間。我坐起身，確認四周情況。隔壁有個巨大的三角形建築，那是以圓木架成巨大的三角形，上面再鋪上木板所建造成的高大建築。賽克洛斯稱之為「高殿」，平時都在裡頭生活起居。走進高殿裡一看，頭頂上方完全挑空。如果是這樣的場所，賽克洛斯就能在此生活，不必趴在地上。地板是裸露的黃土，沒看到棉被，就只有用剩的木材、沙堆，以及生火的火爐。

見過高殿內部，我更加確定了。火爐旁有面牆壁，另一側有個用來送風的風箱。不會有錯的，這裡是踏鞴場[5]。以火爐熔解鐵砂煉鐵，人稱「吹踏鞴」，而這裡有昔日吹踏鞴族留下的痕跡。

此地應該不是賽克洛斯親手建造。巨人若要在我剛才睡的屋子裡過夜，天花板過於低矮。難道吹踏鞴一族過去曾住在這裡？吹踏鞴一族留下高殿，遷往他處，或是就此滅亡，而這名巨人在他們的遺跡裡住下。

「你在這裡住多久了？」

我拖著受傷的腳移動，賽克洛斯那巨大的獨眼跟著我移動。

「我不知道。打從我有意識以來，就已經住在這兒了。娘，妳再多休息一會兒比較好吧？妳的腳有好大一塊瘀青呢。」

「我不是你娘。你是跟誰學說話的呢？」

「我沒跟誰學，我這還是第一次和人說話。不過話說回來，我懂得說話，還真是不可思議呢。妳真的不是我娘嗎？」

我抬眼望向獨眼巨人。他雖然體型巨大，但說話的口吻和動作都十足孩子樣。

「為什麼你會認為我是你娘呢？」

「妳不怕我，不就表示妳是我娘嗎？」

賽克洛斯一邊玩弄著他那像棍棒般粗大的手指，那顆位於臉部中央的眼瞳四處游移。看來，這名巨人完全忘了自己父母的樣子。還是說，他根本沒有父母，而是某天突然降生在這座高殿中？

「而且還有一件事可以證明妳是我娘。妳不是知道我的名字嗎？」

4. 即Cyclops，原意是圓眼，希臘神話中的獨眼巨人，據傳居住於西西里島，擅長製造、使用各種工具和武器。
5. 以吹踏鞴（吹爐）的方法煉鐵的爐。踏鞴的假名為たたら（tatara），電影《魔法公主》中的達達拉城，即由たたら音譯而來。

「咦？我什麼時候知道的？」

「剛才妳叫我賽克洛斯。」

他朝我投以充滿期待的目光。

「你的名字並不……」

巨人的眼神令人備感壓力。我嘆了口氣。

「我另外替你取個名字。因為你很高大，就叫大太郎吧。」

「好耶！我也有名字了！我叫大太郎！」

巨人開心地又蹦又跳，每次落地時，地面都為之搖晃。高殿的閣樓處揚起大量塵埃。

巨人持續開心地蹬地，但當他全身被塵埃籠罩時，他突然雙手掩面叫了起來。

「唔……娘，救我……」

「怎麼啦？」

「灰塵跑到我眼睛裡……」

我自己的身體明明還沒恢復，卻還到井邊汲水，替巨人沖洗眼中的灰塵。晚餐時間快到時，大太郎抓來一頭野豬。他徒手將豬頭扭下，剝去豬皮，將牠撕裂，以手指掏空其內臟。接著他以手指捏起豬肉，直接擺在柴火上。即使火舌碰觸大太郎的手，他也不以為意。

「娘，妳去休息，我會準備營養的食物讓妳吃個飽。」

然而，大太郎準備的食物，每樣都難以下嚥。那根本稱不上是菜餚，只是以野豬肉烤成的肉塊罷了，又臭又硬。

「我沉睡時，你灌進我口中的東西到底是什麼？」

「是我將野豬和魚肉烤熟、嚼爛後吐出的東西。」

「下次換我來做菜。你有菜刀和鍋子嗎？」

「有。雖然用不到，但我很喜歡自己做。」

高殿的角落擺著一個大木箱，掀開蓋子一看，裡頭塞滿了各種鐵器，也有菜刀和鍋子。但不光如此，還有農具的鐵刃、像武士佩刀的刀身，甚至是盔甲的某個部位。

「這些全部都是你做的？」

「因為我也沒其他事可做了。做鐵器很有趣呢。娘，下次我做給妳看。」

大太郎那顆大眼望向火爐。對了，經這麼一提我才想到，賽克洛斯這位神明，不就是精通鍛鐵技術嗎？而獨眼與鍛鐵的關聯，在其他地方也看得到。根據古書記載，日本以前似乎有天目一箇神與天津麻羅這兩位專司製鐵與鍛鐵的神明，其名字中的「目一箇」就是「獨眼」的意思，而「麻羅」源自於「目占」，意同「片目」[6]。

6. 有一說指「麻羅」（まら）是由「目占」（めうら）轉音而來，而目占的意思是「片目」，即獨眼。

「原來如此。看來，獨眼巨人擅長鍛鐵是確有其事……」

「嗯，沒錯。」

大太郎得意洋洋地說道。

我決定在身體恢復前，暫時留在大太郎身邊休養。雖然得早點與蠟庵老師和耳彥會合才行，但我腳踝扭傷，若沒治好它，根本無法重新踏上旅程。

大太郎嚐過我做的菜之後，眼睛圓睜，大為驚嘆。

「我從沒吃過這麼好吃的東西！」

他親手打造的菜刀鋒利絕倫。不論是野豬的骨頭還是竹筍，都能輕鬆切斷，毫不費力。就算是拿菜刀時一不留神切斷了手指，也可能會因為菜刀太過鋒利，而沒注意到自己手指沒了。

「要打造這種菜刀，只是小事一樁。」

大太郎讓我看他吹踏鞴的樣子。那是耗時費日的大工程，首先用黃土造爐，然後放入木炭生火，接著一面以風箱朝爐內送風，一面交互添加木炭和鐵砂。不久，鐵砂變得像紅色黏土。高殿內酷熱難當，令人熱汗直冒。原本需要好幾名成年人才能勝任的工作，大太郎全部一手包辦。只要按壓風箱送風，火勢便會增強。需要許多人幫忙才壓得動的風箱，他輕輕鬆鬆用單手就能按壓送風。

「太熱不行，不夠熱也不行，火候得控制得剛剛好。」

大太郎把手伸進爐中，以手指撈起一把熔成金黃色的鐵砂，送入口中，露出像在品嘗味道般的表情。

「嗯，還可以。娘，妳要不要也試一下味道？」

他以手指撈起鐵砂，準備遞向我面前。我急忙用力搖頭。熔化的鐵砂，就像地獄一樣滾燙，要是我真的放進嘴裡品嘗，肯定下場淒慘。

「你感覺不出熱嗎？」

「我最喜歡熱了。我喜歡摸熱的東西，也喜歡吃熱食。也許我體內有個像胃一樣的袋子，可以用來儲存熱。」

獨眼巨人一邊說，一邊把手伸進爐中，攪拌熔解的鐵砂。

接連數日，大太郎都在忙火爐的事，由我做菜送去給他。

「我沒空吃。娘，妳替我吃吧。」

鍛鐵對他來說似乎比吃飯更快樂。巨人眼中閃爍著精光，頻頻往爐內窺望。火爐下方有個小洞，流出熔化的不純物質，它同樣也散發紅光。那高溫的熱度，只要我輕輕一碰，恐怕連骨頭也會一併熔毀，但巨人卻以手指撈起它，舔了一口。

「很好，流出很多苦苦的東西。」

不久，火焰逐漸變小，大太郎旋即搗毀火爐，取出鐵塊。以黃土建造的火爐，用過一次就得搗毀。取出的鐵塊敲碎後，再區分出少量的良質部分，以及大量的劣質部分。大太郎伸手一把抓起仍留有餘熱的鐵塊，無比鍾愛地伸舌舔舐。用來打造刀身[7]的，是少量的良質部分，稱之為鋼。除此之外的大量劣質部分，稱做鐵渣（生鐵），可充作農具和鍋子的材料。

大太郎讓我見識他吹踏鞴的過程，以及用鐵打造菜刀和鍋子時所投注的心血，並加以說明。我雖然不太感興趣，但是見巨人講得眉飛色舞，只好頻頻點頭，努力聆聽。對巨人而言，我似乎是他第一個說話對象。他一直是孤零零一人住在深山裡，現在可以和人談到他最喜歡的鐵，想必一定樂不可支。

我望著他親手鍛鐵打造的農具鐵刃。

「這些製作方法，你是如何學會的？」

「我身體很自然就會了。」

高殿旁有條小河，魚兒悠游其中。大太郎揮拳擊打岩石，四周為之震動，群樹搖晃，河川彷彿瞬間停住不動，有好幾條魚就此昏厥，一隻隻浮出水面。我和大太郎忙著將魚一一撈起，我用菜刀殺魚，丟進鍋裡烹煮，獨眼巨人則是彎腰蹲在一旁觀看。

「再也沒有比這更令我高興的事了，可以看到有人像這樣使用我親手打造的菜刀和鍋子。娘，為了妳，要我做再多菜刀或鍋子，我都願意。」

說完後，他花了三天三夜的時間，先是加熱鐵砂鍛冶出鐵，再以鐵鎚敲打、以石頭研磨，做出許多菜刀和鍋子，得意洋洋地拿來給我。

不過，天下無不散的筵席。我的腳傷痊癒，體力也恢復如昔，於是我對他說：

「大太郎，人類住的村莊在哪裡？我想去那裡看看。我得離開這裡，再度踏上旅程。」

巨人沮喪地垂落雙肩，我早料到他會有這種反應。

「娘，妳不能永遠待在這裡嗎？」

「不行，因為我不是你娘。要是你不告訴我村莊在哪兒，我就自己去找。」

如果說要和他分離，我一點都不難過，那是騙人的。在此盤桓的這些時日，我對他產生了情感，但我有我江戶的生活要過。

「大太郎，這也是無可奈何的事……沒有辦法……」

巨人眼中噙著碩大的淚珠，臉部中央的眼球宛如洪水爆發，眼淚筆直地流下，濡溼了他的鼻和口。他低著頭沉默不語。

「大太郎……」

「這樣啊，我明白了……」

7. 刀子收入刀鞘裡的鐵製部位，不含刀柄。

巨人抬起頭來，但他並非就此同意與我分離。

「娘，我決定了。既然妳要下山，那我也要跟妳一起下山。我不想再自己一個人了。」

三

撥開草叢沿著河川而下，終於看到民宅聚集的村落。果真如大太郎所言，梯田上零星出現幾名村民的身影。我下山走過河橋，重新抱好包袱，朝其中一名村民走近。那是名拿著鋤頭翻土的老翁。我望著老翁手裡的鋤頭，那是前端有四根鐵製釘齒的釘耙，想必已使用多年，釘齒前端都已變鈍，殘破不堪。

「妳怎麼了嗎？在這一帶不曾見過妳，是不是迷路了？」

老翁發現了我，向我問道。

「您工作真認真。對了，您那釘耙的釘齒好像都變鈍了呢。」

「這也沒辦法啊，沒錢換新的嘛。」

我放下包袱，在腳下攤開來，裡頭裝了各式各樣的鐵器。我拿起一副新的釘齒，遞給老翁。

「請拿去用吧。」

「搞了半天，原來妳是鐵匠啊？我不需要。剛才不是也說了嗎，我沒錢。」

「不收你錢。」

老翁一臉詫異。

「我家男人很喜歡打鐵，多得是用不到的鐵器。不嫌棄的話，可以拿去分村民們使用。」

大太郎做的釘齒相當鋒利，在太陽的照射下熠熠生輝。老翁將原本老舊破爛的釘齒取下，換上新的，馬上試著在農地上翻土。釘齒輕輕鬆鬆便鑵入地面，用起來很順手。原本的釘耙得高高舉起，吆喝一聲用力揮落，才能嵌進土裡，但現在只要輕輕往地面一揮，就會像陷入沼地裡一樣鑽進土中。老翁大為吃驚。

「好厲害啊……！」

附近農田的村民全聚了過來，我又重新向他們說明一遍。才一眨眼工夫，農具用的鐵器已全部分到他們手中。將鋤頭前端更換成大太郎做的鐵器後，挖洞頓時變得像在刨羊羹一樣輕鬆。換過鐮刀刀刃後，不僅割稻變得毫不費力，還意外發現連一旁的樹幹和石頭也被割成兩半。我從高殿帶來的鐵器，轉眼已一個不剩。無法每位村民都分到，有人還問我「沒有我的份嗎？」

「下次我會多帶一些來，分給沒拿到的村民。我家那個男人是位好心的鐵匠，他一定會多做一些，讓人人都有份。」

有位村民問道：

「他是妳丈夫嗎？」

「不，說起來就像我兒子一樣。」

「咦？妳還這麼年輕耶！」

我在眾人的送行下離開村莊，走過河橋，佯裝要走向隔壁村，待確認過四下無人後，這才離開道路。我走進山中，沿著河川而上，一路上撥開草叢前行，不久，已看到高殿出現在山林深處。

鏘、鏘、鏘，四周響起鐵鎚打鐵的聲響。往內窺望，發現巨人正弓著身子，全神貫注地製作農具。他以烈火燒鐵，等到鐵火熱發紅後，先以指尖捏塑形狀，再以鐵鎚敲打。鏘、鏘、鏘，每次敲打都會激起火花，煞是好看。

我沒辦法無視於大太郎的哀求，再次踏上旅程。「我也要下山。我不想再自己一個人了。」大太郎一直這樣嚷個不停，怎樣都不聽勸。為了安撫他，我只好讓步，結果就是這樣。我要幫助他下山，和山腳下的村民們和睦相處。

「你想和村民們和睦相處嗎？」我試著如此詢問，結果巨人馬上回答：「想！」

「如果真的辦到了，就算娘離開，你也可以接受囉？」「這個……」大太郎吞吞吐吐，我盤起雙臂瞪視著他，他這才很不情願地點頭同意。

大太郎對於要和我分開感到難過，是因為我離開後，他又會變為自己孤單一人。但要是能和村民建立情感，讓他們需要大太郎，日後即便我不在他身邊，他應該也不會感到孤單。

大太郎將邊敲打邊激起火花的紅鐵，插進桶中的冷水裡。紅鐵發出「滋——」的一聲，冒出白花花的水氣。

「進行得很順利呢。大家都很喜歡你做的工具。」

我看準巨人停下手中動作的空檔，向他搭話。他臉部中央那顆眼睛變得歪斜扭曲，嘴裡發出像是快要哭了的聲音。

「我從來沒有像現在這麼高興過。竟然有人會喜歡我做的鐵器。娘，下次我也要去村裡，可以嗎？」

「還不行。還是讓我自己一個人再多去幾趟比較好。」

要是看到獨眼巨人，村民們肯定會嚇得四處逃竄。為了避免這種事發生，最好還是一步一步來，先以鐵匠的身分成為村裡不可或缺的人物。這麼一來，村民們也就不會對巨人產生敵意。

我每天都將鐵器以包巾包好，前往村莊。我承受不了過重的負荷，所以都是請大太郎幫我把包袱運至可以看見村莊的地方。將菜刀和鍋子發送給村內的婦女後，她們都很感謝我。

「連砧板都砍裂了！我從沒看過這樣的菜刀！」

女子打量著手中的菜刀，如此讚嘆道。

「妳兒子不光鍛鐵有一套，磨刀技術更是一流。」

我帶著刀身去村長家。就連我這種外行人也看得出來，那把刀打造得相當出色。村長喜不自勝。

用過農具的男人們也紛紛向我道謝。

「下次一定會大豐收。」

「這村莊會變得更富裕。」

「這一切都拜令郎所賜。」

村民當中，開始有人對大太郎的技術感興趣。

「你們是從哪裡取得鐵呢？哪裡可以取得品質這麼好的鐵？妳這樣免費發送鍋子和菜刀，應該是有管道可以免費取得鐵材吧？」

我刻意轉移話題，避而不答。

此外，我還從村裡某位老太太那裡聽聞一件耐人尋味的事。

「以前山裡住著踏鞴一族，只是不知道現在怎樣了。以前他們不時會下山來，像妳一樣留下許多鐵器，村民們則是送他們蔬菜當回禮。」

我告訴村民們關於大太郎的事。

「我家的大太郎身材高大如山，是個心地善良的男人。不過，以前他在鍛鐵時燙傷了臉，所以他不太想見人。就算來到眾人面前，應該也不會取下面罩。」

「妳下次可以直接帶大太郎到村裡來，我們想當面向他道謝。」

我假裝面有難色，要他們答應我，絕不能欺負我兒子，也不可以有想脫下他面罩的念頭。

「這樣我知道了。那麼，我明天帶他到村裡來吧。」

突然讓村民們見到大太郎的臉，他們一定會嚇得魂飛魄散。我打算讓他先以蒙面的姿態和村民接觸，然後以他的怪力幫忙村民從事農耕，為蓋房子搬運木材，為開墾搬移岩石，大太郎那一身怪力一定可以派上用場。

我回到高殿，告訴大太郎這件事。

「明天我們一起到村裡去吧。只要戴上娘為你縫的面罩，村民們一定會接納你的。你一定可以結交到你的第一個朋友。」

大太郎語帶激動地說道：

「本以為我永遠都會孤零零一個人，但現在竟然有人這樣誇我，還說想見我。我一直都希望可以被人需要，如今這願望終於實現了……」

我輕撫大太郎那巨大的手掌，當時的我已完全將大太郎當作自己的兒子看待。

然而這祥和的短暫時光，轉眼即逝。

那是巨人到河邊捕魚當晚餐，我忙著準備飯菜時發生的事。河那邊突然傳來一聲悲嗚，我正準備朝那裡奔去時，有三名男子從草叢裡竄出，連滾帶爬地朝我跑來。

「有怪物！」

「救命啊！」

「他會吃了我們！」

男子們無比慌亂，步履踉蹌地躲向我背後。他們一見大太郎的臉出現在草叢上，旋即大呼小叫地逃進高殿內。大太郎一臉困惑地說道：

「娘，他們好像看到我了……」

我對其中一名男子有印象，他就是頻頻問我是從哪裡取得鐵材的那名男子，想必是在後頭跟蹤我而來的，其他兩人應該是他的夥伴吧。我走向高殿，心想，這下可麻煩了。巨人也跟我一起走過去。

「我不會對你們怎樣的。快出來吧。」

巨人壓低身子，把臉伸進高殿的門內。

我也往高殿內窺望，看到男子們的模樣時，我嚇出一身冷汗。

但當我發現時，一切都已太遲。

「危險！」

我高聲喊道。

男子們打開擺在高殿裡的木箱，從中取出菜刀和刀子。其中一名男子握著刀子，朝大太郎伸進門內的臉部中央刺過去，刺中他唯一的眼球。那把刀就這樣無聲地沒入他瞳孔中央。

大太郎發出爆炸似的狂吼，手臂順勢往前揮出，一擊命中那名男子。男子向後倒飛，手腳和內臟迸裂四散。高殿的柱子斷折，屋頂塌陷。現場響起轟隆巨響，塵煙飛揚。大太郎痛得直扭動身體，高殿整個崩塌，壓死一名男子。我一面避開掉落的碎片，一面呼喚巨人的名字。而最後倖存的那名男子，從不住蹬地的大太郎腳下穿過，一面尖叫，一面逃向村莊。

四

太陽下山後，四周盡掩於黑暗中。我在踏鞴場前生火，火光下浮現的慘狀，令人不忍卒睹。高殿以及我生活起居的屋子都被夷為平地，只剩一片殘骸。我從水井裡汲水，潑向躺在地上的大太郎。

「好熱啊……好熱……娘，我好熱……我從來沒有過這種感覺……」

他鋼鐵般的身軀持續發熱，應該是眼球受傷的緣故。我們受傷時，也會發熱。

「好痛啊，什麼也看不見……娘……娘……」

「我在這裡。放心，很快就退燒了。」

我輕撫大太郎的頭。我把手伸進巨人頭髮中，碰觸到他的頭部，他的頭熱得幾乎都要把我的手燙傷了。我已從他眼中拔出那把刀。在拔出的瞬間，黏稠的液體滴落地面。占去巨人臉部大半空間的眼球，已失去原形，染成了紅色。眼球整個塌陷，緊貼著眼窩內側。巨人手按著臉，不住呻吟，因高燒的痛苦而扭動著身軀。我一再以井水潑灑他的身體，想幫他退燒，但這根本就是杯水車薪。

「娘，好熱啊，救我……」

不知道是第幾次聽到他說這句話時，我下定決心。

「我到村裡去幫你拿藥來。」

還有，那兩名男子已死在高殿裡，我得告訴村民這件事才行。雖然不確定村民會不會原諒大太郎，但我得向他們解釋，大太郎並不是故意打死他們的，不然他們很可能會回來報復。

「妳會回來嗎？」

「當然。我很快就回來，我會帶傷藥和退燒藥回來。」

我輕撫大太郎的手指後，就此帶著燈籠離開。

我沿著河川，撥開草叢，朝村莊走去。一路上，我一直在心裡罵自己笨，我實在不該這麼做。之前大太郎說他想和村民見面時，我應該以強硬的口吻阻止他才對。讓巨人與村民交流，根本就是癡人說夢。但大太郎堅持說，只要我下山，他也要下山。不論我再怎麼勸阻，他應該還是會自己跑去和村民會面。既然這樣，打從一開始這就是個錯誤。我和大太郎根本不該對彼此產生感情。就算他叫我娘，我也應該要加以否認、不予理會才對，更不該幫他取什麼名字。只要我們彼此沒產生感情，他應該就不會說要跟著我下山。即使大太郎將孤獨一生，但至少他不會失去眼球。是我做了錯誤的選擇，害巨人落入不幸的深淵。我拭著淚走在山中，不久，從遠處的黑暗中浮現點點紅色篝火。

我走過河橋，穿過田間，走進村莊。廣場上燃著篝火，大批村民聚集此地。村長雙臂盤胸，坐在篝火旁。我朝村長奔去，有幾位村民發現了我，馬上逃也似的讓出一條路來。我氣喘吁吁地跪向村長跟前。

「請您幫幫我們，分……分我一些藥。那孩子身受重傷，非常痛苦，而且一直高燒不退。請您救救他吧。」

村民們聚在篝火旁，將我團團包圍。在火光的照耀下，每個人的表情都很緊繃。村長喚來一名神情畏怯的男子，就是之前從高殿逃離的那名男子。

「我聽說有兩個人被怪物殺害了？」

村長問。

「不是怪物，就只是和我們的模樣不太一樣而已。那兩個人喪命是確有其事，但這絕不是故意的。那孩子當時什麼也看不到，是因為疼痛一時失控，才會誤傷了他們。」

有名女子哭倒在地，應該是喪命男子的妻子。

「有誰願意行行好……賜我傷藥……我要是不快點趕回去的話……」

我向包圍我的群眾一一下跪懇求，但他們全都對我投以冰冷的目光，沒人開口。突然間有人從後方架住我，我無法動彈，被幾名男子拖離現場。

村長家有一座大倉庫，我被帶往那裡後，雙手被綁在一根柱子上。倉庫裡堆疊了許多雜物，大部分是農具。站在我面前的男子們，在燭火的照耀下，臉龐一一浮現在黑暗中。

「你們為何這麼做?!」

我朝綁住我雙手的繩索使力，試著想要鬆綁，但徒勞無功。

「我與村民們討論過了，不能放妳回怪物身邊。怪物一定會來找我們報仇，為了刺傷他眼睛的事前來復仇……」

村長說。我感到難以置信。這樣不就是彼此都害怕對方復仇嗎？某個村裡的男人來到我面前接話道：

「喪命的男子是我堂弟。那隻怪物還活著不是嗎？要是不給他最後致命的一擊，我堂弟一定死不瞑目。等天一亮，我們會全部一起上山殺掉那隻怪物。或者是怪物見妳一直都沒回去，自己送上門來。」

遠處傳來對話聲。之前逃離高殿的男子正在和其他男人交談。

「山裡的高殿藏有鐵塊，我親眼看到了。要是能拿到那些鐵塊，村裡的日子就會更好過了。」

「哦！太好了！」

我被關在倉庫裡，過了好長一段時間。外頭一直喧鬧不休，傳來人們東奔西跑的聲音。根據我聽到的對話，有人提議要朝山裡放火，將怪物活活燒死。我雖已不再用力掙扎，但我一直以指甲搔抓綁住我手腕的繩索。儘管指甲剝落，鮮血直滴，我仍不停止動作。我相信，只要持續這麼做，繩索遲早會斷裂。

我很擔心大太郎，不知他燒退了沒？之前離開時，我說很快就會回去，但現在卻說話不算話，他一定很擔心。要是他誤以為我拋下他，自己逃走，那該怎麼辦？

監視我的男子，從剛才便開始打起瞌睡。蠟燭愈燒愈短，最後燭火終於熄滅，但周圍還不到一片漆黑的程度。外頭的微光從高處的窗戶射進來，已是黎明時分。

就在那時，遠處驀地傳來樹幹被扳倒的聲響，地面在搖晃，倉庫裡的物品翻倒，在我身旁散落一地。監視我的男子嚇了一跳，醒了過來。

「怎麼回事？」

男子站起身環顧四周。外頭陸續傳來慘叫聲，還聽到建築物倒塌、屋頂傾斜、屋瓦滑落的聲響。地面斷斷續續傳來震動，和某個像是巨大物體四處走動的腳步聲。監視我的男子為了確認外頭的情況，走出倉庫。他似乎從門外掛上門閂。

我用力拉扯自己徹夜用指甲不停磨削的繩索。不行，弄不斷。正當我感到萬念俱灰時，我發現剛才散落一地的物品中，有一把割草的鐮刀。我伸長腳將它勾過來，以刀刃割斷繩索。雙手重獲自由後，我奔向那扇門，但卻怎樣也打不開。

「放我出去！」

我的叫喊完全被四處傳來的怒吼和咆哮聲所掩蓋。外頭的喧鬧宛如兩軍在交戰一般，耳邊傳來震耳欲聾的叫喊聲。到底發生什麼事了？這時，傳來一個熟悉的聲音。

「娘……」

是大太郎。他的聲音中帶有濃濃的恐懼，是因為我遲遲未歸，他才下山找我嗎？

牆壁的高處有一扇窗開著。我順著堆疊的物品往上爬，然後一躍而起，撲向那扇窗，手臂勉強勾住了窗戶。窗子嵌有木條，無法從這裡爬出，但可以看見外頭的情況。

在朝霧中，村裡四處竄出火舌。當一陣風起，吹走眼前的黑煙時，我看見巨人出現在黑煙前方。

「大太郎！」

我放聲叫喚，巨人將瞎眼的臉轉向我。

「娘……？」

巨人的雙腳和背後插滿了許多東西，似乎是鋤頭、鐵鏟、鐮刀之類的農具，菜刀和刀子嵌入他的皮膚。村民們大聲叫喊著，圍在大太郎四周。他們手裡都握有武器，一砍傷大太郎的腳便馬上逃離。巨人揮臂想趕走他們，但他看不見，就只是一再揮空。

村民們手中的武器，如果是生鏽的農具，應該會被他鋼鐵般的皮膚彈開才對。但巨人的皮膚被刺出許多小洞，洞裡不斷冒出鮮血。

「下次一定會大豐收。」

「這村莊會變得更富裕。」

「這一切都拜令郎所賜。」

之前村民明明那麼感謝大太郎所做的農具，現在卻想用他們得到的工具來殺害大太郎。我對此深感絕望。

大太郎全身插滿了農具，腳踝被砍了好幾刀。巨人就此倒向地面，幾乎將屋子整個壓垮。村民們見機不可失，撲向他背後，以農具的鋒利刀尖刺進大太郎背部，削他的皮，刨他的肉。

大太郎一面呻吟，一面朝我所在的位置匍匐而來。他推開樹籬，壓倒樹木，任憑身體裡湧出來的鮮血在地面形成一道血河，不斷前進。朝我聲音的方向而來。

「快逃啊！大太郎！」

但大太郎一路爬向我被囚禁的倉庫，來到伸手可及的距離。他抬起巨大的手，在什麼也看不見的狀態下，做出要往前方揮掃的動作。我離開窗邊，滾向地面，靠向對面角落。緊接著，倉庫的牆壁像爆炸般，大量塵煙四處飛散。碎片的前方，出現失去眼球、臉部中央形成一個凹洞的巨人身影。

「大太郎！」

「娘……」

巨人趴在地上，朝我伸長了手。我緊緊抱住他的手，巨人的手指滿是傷痕。

「啊，太好了……我好想最後再見娘一面……」

「對不起，大太郎……對不起，請你原諒我們……」

不知他是否聽見了。大太郎就此癱軟，臉部貼向地面，從他的嘴巴和眼睛凹洞處流出大量鮮血，溼了一地。我用全身緊緊抱住巨人的手，用盡我最大的力量。巨人說完後，終於不再動彈。他死了。確認他斷氣後，村民們齊聲歡呼。

五

朝霧散去，村莊的嚴重災情完全攤在陽光下。建築損毀，不少人受傷，但沒人喪命。

「我們並不恨妳，妳想去哪兒就去吧，只不過，山裡的鐵塊得留下。」

村長說。

我沿著幹道走，最後終於抵達宿場町。旅館的老闆娘見我指甲剝落、披頭散髮的模樣，直說可憐，溫柔地將我擁入懷中。看來，她誤以為我是在旅行途中遭人襲擊。當時我無法好好說話，所以不能澄清她的誤會。在她溫暖的臂彎裡，一股嗚咽的衝動湧上心頭，我就此啜泣起來。

回到江戶後，蠟庵老師和耳彥已從溫泉地返回。聽說他們與我在山中走散後，不管怎麼找尋都沒有我的下落，所以兩人只好繼續旅行。書店老闆讓我休息了一陣子。

「事情我已經聽說了，妳被留在山裡了吧。蠟庵老師迷路的毛病實在很教人頭疼呢，讓妳受罪了。」

我回到家，倒向棉被，一躺就是數日。

大太郎的遺骸不知被埋在哪裡？會有人祭拜他嗎？雖然很在意此事，但重回書店的工作崗位後，又開始忙碌起來，我開始覺得這一切也許只是一場夢。原本每天都會想起此事，後來變成三天想起一次。

我一直惦記著一件事。

那是大太郎死後發生的事。原本緊握巨人手掌的我，被幾個人架走，帶到村莊的外郊。我不想離開大太郎身邊，但那幾名男子拖著我走，硬把我帶離那裡。我想向大太郎道別，但口中發出的，卻是不成人語的叫喊。最後當我再也看不到大太郎的身影時，我聽到那個聲音。

滋……

大太郎身體底下那攤血，就像煮沸般不斷冒泡，好似水滴掉向燒紅的鐵板一樣。但我沒能進一步確認詳情，就像被踢飛般遭人逐出村外，就此沒再踏進村子一步。

那個村莊和大太郎的遺骸，後來不知怎樣了。長期以來，這一直是個謎。但某天，我終於有機會可以查個清楚。那是不知第幾次和蠟庵老師一起出外旅行所發生的事。在旅途中，我們行經那座村莊附近。我告訴蠟庵老師事情的經過，對耳彥的惡言惡語置若罔聞，決定單獨行動，到村裡一探究竟。我很怕再次和村民們見面，不過，要是大太郎被埋葬在某處，我希望能到墳前獻束花，合掌膜拜一番。

「娘……」

想起巨人的聲音，我便忍不住心急，加快了腳步。

但到頭來，我還是無法走進那座村莊，因為通往村莊的路全部被封死。我覺得奇怪，轉而向隔壁村的男子詢問此事。

「那座村莊已經沒人居住了，有好幾個人被燒死，現在已經無法住人了。為了避免有人迷路誤闖，這才將道路封閉。聽說他們殺死了大太法師。」

「大太法師？」

「咦？妳是聽我說大太法師嗎？都怪我舌頭不靈光，其實我說的是大太郎法師。不是有個一寸法師的故事嗎？情況剛好相反，大家都稱他大太郎法師，好像是個體型很巨大的傢伙。他們殺了他之後，他的遺骸變得愈來愈熱，開始將村莊的地面融化。」

遺骸的高溫將來不及逃離的村民燒成灰燼，將一切事物全部吞沒。我想起之前大太郎伸手檢查火爐熱度，或是將熔化的鐵砂放入口中的模樣。也許他體內有個像胃一樣的袋子，事先貯存了高溫，而他死後，之前貯存的高溫一次全解放開來。但真相為何，無從得知。

男子說，他的遺骸現在似乎仍持續燃燒，散發著高溫。據說當紅輪西墜、夜幕低垂時，只要登向山頂，俯視那座村莊的所在地，就能在黑暗中看到那道亮光。在那塊融化的地面中央，有個不論下雨還是下雪都不會熄滅的火焰。就像熾熱的鐵塊一樣，閃耀著美麗的金光。

巴太溫的翡翠

一

通過松樹林後，耳畔傳來海潮聲。眼前是開闊的海平面，浪潮一波波打向岸邊。由於已在山中徘徊數日，我們顯得步履虛浮。和我們一起同行，名叫「輪」的女孩，眼看隨時都會倒下。就只有旅遊書作家和泉蠟庵依舊氣定神閒。這個男人愛好旅行，卻偏偏是個嚴重的路癡，我們之所以會迷路，也全是他害的。

好不容易來到了一座漁村，見到晾曬的漁網、船隻、住家，我們這才鬆了口氣。看來今晚不必繼續睡在漆黑的深山裡，擔心遭受熊和野狼的襲擊了。這座漁村位於幹道旁，算是個相當熱鬧的村莊。白色的沙灘上，有約莫三十名男子排成一列，正合力拖著漁網。

這座漁村此時正在進行「牽罟」，由一艘船出海做單邊撒網，拉出半圓形的長網後，再回到岸邊，接著由三十名左右的壯丁，一鼓作氣將漁網往岸上拉。在這半圓形漁網範圍內的魚，將會全部落網，一隻不剩，最後做成生魚片、煎魚，或是做成魚乾。

「這是什麼？」

輪停下腳步，低頭望著橫陳在沙灘上的某個長條狀物體。它呈乳白色，兩端渾圓鼓起。

「喂，這東西也太可怕了吧。妳竟然發現這種東西。」

那是人骨，很像脛骨。這種東西怎麼會掉在沙灘上呢？才剛到一個新地方，這女孩就給我惹麻煩。

「真不吉利。地上竟然會有人骨，這沙灘太不吉利了。」

不過輪卻蹲下身檢視那根骨頭，顯得興趣濃厚。

「如果說這是人骨的話，未免也太大了吧。」

它確實很長，足足有輪身高的一半長。如果這真是脛骨，這傢伙站起來應該會超過屋頂。

「照這樣看來，這一定是鯨魚的骨頭之類的。」

「不，這確實是人的脛骨。沒有這種形狀的鯨魚骨頭。」

「既然妳這麼說，那就不會有錯了。妳這個人頭腦是不錯，就是個性和臉蛋差了點。」

我難得誇她，她卻一臉不悅地朝我撒沙子，奔向和泉蠟庵身旁。輪拉著雙臂盤胸，緊盯著牽罟瞧的和泉蠟庵回到這裡，指向沙灘上的骨頭，問他這骨頭是怎麼回事。和泉蠟庵對於這種一般人不清楚的事，總是知之甚詳。這位蓄著長髮的旅遊書作家仔細端詳那塊骨頭後，手抵著下巴展開沉思。

「也許是從巴太溫漂來的骨頭。」

「巴太溫？」

「聽說常會有巨大的人骨漂往某個地方的海岸，這裡也許就是那座海岸。巴太溫是某個國家的名字，位於海的另一頭。」

巴太溫。那國家的人民全都人高馬大嗎？根據和泉蠟庵的解說，在神話中登場的長髓彥[8]似乎也是來自那個國度。這裡只有一艘漁船在海上漂蕩，在遼闊的汪洋之上，那艘漁船化為一個小點。我在腦中想像那位於海平面彼方的國度。

我們在幹道沿途找到一家客棧後，決定投宿。在住宿名簿上寫好名字後，前往客房，打開紙門便可望見大海。和泉蠟庵與客棧老闆閒話家常，當話題談到沙灘上的巨大脛骨時，客棧老闆便說出「巴太溫」這個名稱，接著一本正經地說道：

「你們要是在沙灘上發現翡翠，千萬不能帶走哦，要物歸原處。」

「為什麼？」

我開口詢問。說到翡翠，那可是價格不斐的寶石，可以高價買賣呢，雖然我從未親眼見識過。

「因為翡翠是巴太溫人的隨身之物。就算有翡翠做成的杯子或梳子遺落在沙灘上，也絕不能撿。它會被海浪捲走，重回海中。」

我已許久不曾坐在榻榻米上伸展雙腳了。客棧的房間分配方式一如往常。我跟和泉蠟庵兩個男人住同一間房，輪是女人，另外住一間房。想到這娘兒們自己一個人住那麼寬敞的房間，心裡很不是滋味，不過住宿費全部是由她支付，也就輪不到我抱怨了。這次是和泉蠟庵要寫旅遊書，需要實地勘察，所以才展開這趟旅行。輪是一家出版商的夥計，負責出版旅遊書。雖然她支付的住宿費也算是經費的一環，不過她有時會在旅途中督促和泉蠟庵寫書，宛如惡鬼。附帶一提，我請她替我還債，條件是我得充當背行李的苦力。

太陽下山後，我們決定出外吃晚餐。客棧老闆介紹我們一家位於幹道旁的店家，在那裡我們大啖生魚片。魚肉肉質緊實，我們吃得心滿意足，外加幾杯黃湯下肚，感覺飄飄似神仙。回到客棧後，接下來就只有上床睡覺，但我覺得還沒喝夠。

當和泉蠟庵和輪各自回房準備就寢時，我說要出去溜達溜達，就出外尋訪酒家。我用當苦力賺來的錢，買當地的好酒喝，當真是香醇順口。我帶著微醺的醉意走在沙灘上。酒家老闆借我一盞燈籠，所以地面看得很清楚。夜晚的浪潮靜靜打向沙灘。

我在沙地上被東西絆住，跌了一跤，結果燈光就此熄滅，好在明月高懸，還不至於一片漆黑。我趴在地上呻吟時，發現眼前有個東西折射月光，散發著綠色的光芒。我拿在手中細看。一顆綠色的石頭被加工成一個小小的圓環。這是戒指，外國人戴在手指上的裝飾品。它沒有多餘的裝飾，光滑的表面泛著亮光。我試著戴向右手食指，撿到了一個好東西呢。我喜不自勝，笑咪咪地返回客棧，就此鑽進被窩呼呼大睡。

8.《采覧異言》一書提及，日本東海有個名為巴太溫的國家，奧州南部的海邊常會漂來疑似那國家人民的骨頭。在《古事記》中登場的長髓彥（意思是「長腳的男人」），應該也是來自那個國家。

二

「耳彥，快起床。你的睡相可真糟。」

我聽見和泉蠟庵的聲音，醒了過來。耳畔傳來浪潮聲和海鳥的鳴叫。我因刺眼的陽光而瞇起眼睛，同時確認自己身在何處。我沒睡在被窩裡，而是仰躺在房內角落，從靠海的那面窗伸出雙腳。海風吹向我的腳趾，感到隱隱作癢。我坐起身，摩挲著宿醉發疼的腦袋。和泉蠟庵在估算被窩到窗邊的距離。

「你昨晚可有好好睡進被窩裡？」

「應該有。」

「就算睡相再差，也該有個限度。竟然能從被窩一路滾到這裡，真不簡單。也許你是半夜想上廁所，迷迷糊糊之際，撞進窗戶裡。」

「或許吧，好險沒掉下去。」

窗外是一處斜坡，底下是一片汪洋。要是迷迷糊糊地從窗戶跳出去，將會一路滾下斜坡，肯定體無完膚。我洗好臉後，和輪會合，一起享用客棧提供的早餐。這餐是白飯搭醬菜，配上味噌湯。我盤腿坐在地上，正大快朵頤時，發現自己從衣服下襬露出的雙腳，有一道陌生的紅線。紅線一圈又一圈地纏在我的小腿肚上，那是用衣帶緊緊勒過的痕跡。這到底是怎麼回事？

「咦？耳彥先生，你那個是哪兒來的？」

輪停下手中的動作，如此詢問。視線投向我持筷的右手，我的食指上套著一個戒指。那顆帶有乳白色的綠色石頭，看起來隱隱生輝。我這才憶起昨晚的事。

「這是我撿來的，就掉在沙灘上。我不會給人的。」

我擱下筷子，用衣服遮住自己右手。

「你那是戒指對吧？而且是綠色的。」

「是又怎樣？」

和泉蠟庵邊喝味噌湯邊說道：

「你忘了客棧老闆說的話嗎？」

「他說了什麼？」

「他說翡翠是巴太溫的人民所持有的東西，就算發現也不能撿。」

「翡翠？」

我望向戒指。我一直當它是顆漂亮的綠色石頭，難道這就是所謂的翡翠？他們兩人似乎也從我的表情中窺知一二，語帶嘆息地說道：

「你好像不知道呢，這東西就是翡翠。」

「耳彥先生，請對自己的無知感到羞恥吧。」

「我、我只是以為自己撿到了一個漂亮的東西，就帶回來而已。」

我一面辯解，一面試著摘下戒指，但戒指緊緊套在食指底端，文風不動。剛好這時客棧老闆來到房內，我急忙以衣服遮住戒指。我不想讓他知道我打破禁忌的事。

「不過，為什麼是翡翠呢？在那個叫巴太溫的國家，可以取得很多翡翠嗎？」

「或許這地方的人認為被沖上沙灘的翡翠是神明之物，以此作為信仰。有人說翡翠是大海所賜的神物，山幸彥應該也是從海神手中取得翡翠。」

「山幸彥？蠟庵老師，他是你的朋友嗎？」

客棧老闆已離去，我努力試著摘下戒指，並如此詢問。

「你連這個都不知道啊？」

聽輪說，山幸彥似乎是神話裡的人物。將哥哥海幸彥的釣鉤遺失的山幸彥，在海岸邊不知所措時，一名老翁給了他一只竹籠。山幸彥坐上竹籠出海，不久便抵達了海神宮，與海神的女兒豐玉姬結為連理。這段故事我曾經聽過。

「這不是很像浦島太郎嗎？」

「各地都有類似的傳說，有人說這是龍宮傳說。看來，就算是耳彥先生，好歹也還知道浦島太郎呢。」

「妳少瞧不起人。那不是在龍宮城裡喝酒、唱歌、狂歡作樂的故事嗎？有美酒任你喝，有美食任你吃，還有乙姬[9]這樣的美女在一旁服侍，這麼美好的故事哪裡找啊。」

「原來是因為這樣。你只記得這個啊？還有很多其他的情節吧。例如最後他打開寶箱，變成老人之類的。」

「那個結局不好，為什麼要安排那樣的結局呢？我一直覺得那傢伙很蠢。就在酒池肉林的愉快氣氛中結束不是很好嗎？最後搞成這樣，讓人覺得很不是滋味。」

浦島太郎從龍宮城返回時，得到的伴手禮是一個寶箱。打開之後冒出濃煙，轉眼化為一名老翁。這麼不合理的故事，為何還能被大眾接受，當真是百思不得其解。先不提這件事，那只翡翠戒指完全沒半點摘得下來的跡象。不得已，我只好戴著它離開客棧上路。

我們詢問客棧老闆，該怎麼走才能到達和泉蠟庵想去的溫泉地。我們已不想再迷路了，希望可以順利抵達。我以衣袖遮住手，向客棧老闆鞠了一躬。一大早村民便已開始捕魚，數艘漁船漂蕩於海上。女人們在沙灘上準備牽罟，孩子們手持棍子追趕啄食魚兒的海鳥，以此玩樂。出發後，我沿著沙灘行走時，和泉蠟庵和輪出聲朝我喚道：

「耳彥，你怎麼了？」

9. 浦島太郎故事中的龍宮主人之女。

「耳彥先生，往這邊走才對哦。」

猛然回神，我發現只有我獨自走在遠處。我以為自己是筆直往前走，卻不知不覺間往海的方向走去。只要看沙灘上遺留的腳印，便可知道只有我中途偏離他們兩人，往海邊走去。是昨晚的宿醉未消嗎？我回到他們兩人身邊，這次特別用心望著前方，邁開步伐。

「喂，快回來啊！」

「那邊是海哦，耳彥先生！」

稍頃過後，遠處傳來兩人的聲音。和泉蠟庵和輪都不在沙灘上，他們已登上幹道行經的山丘，朝我叫喚。我獨自一人走在浪潮不斷湧來的岸邊，我想朝他們兩人走去，但途中變得步履沉重，就此坐在沙灘上。

「我好像感冒了，走起路來搖搖晃晃的。」

和泉蠟庵朝我走來，一臉擔憂之色，我向他如此解釋道。我坐向沙灘，盤起雙腿。我們決定在這裡稍事休息。我們排成一排坐下，茫然望向大海。浪比昨天還要高，浪峰被海風吹散，激起雪白的浪花。澎湃的浪潮聲不斷響起，空中海鳥交錯穿梭。

「耳彥先生？」

後方傳來輪的聲音。我回頭一看，他們兩人坐在與我有段距離的後方。剛才我們還坐成一排，明明沒人站起身，但只有我坐在靠海的地方。浪潮都已來到我腳畔。我這才猛然驚覺，此事說來難以置信，但這就像是大海在拉扯著我。我先前坐在沙灘上的臀印，在沙灘上留下凹痕。從我原先坐的地方到現在的位置，有個像被拖行的痕跡，在沙灘上形成一條線。

我站起身，想回到他們兩人身旁，但我已無法直直的往前走。就像站在坡道上一樣，身體往大海的方向傾斜。

「蠟庵老師，救我！」

我伸長手，和泉蠟庵和輪趕來，在我背後推著我走。這才朝海的反方向前進，走出沙灘。和泉蠟庵說：

「你的樣子很古怪，最好還是離海遠一點比較好。」

在他們兩人的幫忙下，我終於來到了幹道上。我感到一股被拉向大海的感覺，邁步前行。我們在幹道上轉彎，遠離大海。爬上坡道，通過墓地、旱田、雜樹林。儘管已走遠，再也看不見海平面，但我還是無法直直往前走。彷彿全身布滿看不見的手，想將我帶往海的方向。

我赫然發現手臂的皮膚上有好幾條紅線，和之前小腿肚上的紅線一樣。我脫下衣服檢查，發現肚子周遭的皮膚也發紅了。和泉蠟庵見狀後說道：

「你們不覺得這很像指印嗎？」

重新檢視後發現，確實如他所說。看得出那一道道的紅線很像指印。如果有個手指特別長的手緊緊掐住我的手臂、腳、腹部，我的皮膚應該就會像這樣發紅。就像有隻看不見的手纏住我身體，想將我拖入海中。當我在腦中想像擁有這種長手指的人所呈現的形象時，我猛然憶起那根橫陳在沙灘上的大脛骨。

「把戒指摘下來吧！」輪說。

她說這整起事件，可能就是因為我打破禁忌而起。肯定是因為我帶走了他們的翡翠，觸犯了他們。我使足了力，想取下戒指。但是那戒指緊緊嵌進皮膚裡，如果強行硬摘，食指的皮膚會鼓起，戒指無法穿過。和泉蠟庵和輪兩人合力替我將戒指往外拉，但最後都白費力氣。只要他們沒攙扶我，我就全身癱軟倒地，像跌落坡道般，身體一路朝大海的方向滾去。

三

就算緊抓著地面也沒用，有一股強大的力量在拖曳我的身體。我渾身是傷地穿過途中的雜樹林。我撞倒墓碑，衝進民宅，嚇壞屋裡的居民，撞毀另一側的牆壁，一路往大海的方向而去。不久，我看到了海平面。沙灘前方有一座松樹林，我牢牢抓住松樹。

每當那看不見的手緊抓我的腳和身軀，用力拉扯我，松樹就會為之彎撓，晃動那如尖針般的樹葉。我手腳並用緊緊抱住松樹，驚聲尖叫，一旁手持棍棒，臉上掛著鼻涕的孩子們，則是納悶地望著我。

不久，和泉蠟庵和輪也趕了過來。他們以腰帶將我纏在樹幹上，不讓我的身體離開松樹。漁夫們聽聞騷動，也紛紛往這裡聚集。輪替我跑去村長家通報此事，她帶來了村長，是一位蓄著白鬍的老爺爺。和泉蠟庵向村長說明事情經過，我想將翡翠戒指帶走的行徑，馬上人盡皆知。

「原因肯定就出在翡翠戒指上。」

漁夫們你一言我一語地說道，他們朝綠色戒指雙手合十。

「請摘下戒指，歸還大海。這樣你應該就不會被引誘走向大海了。」

村長如此說道。我也有這個意思，和泉蠟庵似乎也是同樣的看法。

「如、如果這個戒指摘不下來，我會有什麼下場？」

我泫然欲泣地問道。和泉蠟庵盤起雙臂道：

「或許會被引往那個叫巴太溫的地方。他們想要的或許是戒指，不過耳彥卻附在戒指上，成了贈品。」

在到達巴太溫之前，會先經過海裡，那我一定會窒息而死。我被綁在松樹上，為了取下戒指，做了各種嘗試。首先，來了一位以臂力自豪的漁夫，他是個全身肌肉虬結的男人。他一把握住嵌在我食指上的戒指，使勁往外拉，我因為極度疼痛而慘叫。不光是戒指，我的食指也快要被他拔斷了。他用盡全力想取出戒指，但手指皮膚在戒指前隆起，無法前進分毫。

接著來了一位帶著一瓶油的女子。女子朝我的食指抹油，她利用油的滑溜觸感，試著讓戒指從食指滑脫而出，但一樣不管用，戒指仍緊緊嵌進我的指根處。她說可能是油的品質不好，改塗抹其他各種東西。拜她所賜，我的手指變得臭不可聞。

另外，有人想用牛來拔戒指、有人利用風力、有人想靠祈求祖先來解決。最後甚至有人為之光火，說我一定是在欺騙他們，其實我可以輕易取下戒指。有個孩子提議，既然取不下來，那就乾脆毀了它不就行了嗎。事後再用飯粒將破碎的翡翠黏好，放回大海就行了，但大人們紛紛反對。倘若損毀翡翠戒指，或許會惹怒戒指的主人。最後他們達成共識，與其這麼做，那很抱歉，還不如將戒指連同我的身體一起歸還。

結果戒指一直沒能拔下，浪費了許多時間。可怕的是，引誘我走進海中的力量似乎愈來愈強。之前在松樹的支撐下，勉強還能讓我留在原地，但不知不覺間，松樹的樹根逐漸隆起，隨時都有可能會被連根拔起。那名以臂力自豪的男子說：「再這樣下去不行。」將牽罟用的漁網套在我身上，往海的反方向拉。起初他自己一個人還遊刃有餘，但很快就非得兩個人合力才拖得動。

松樹的樹根終於被連根拔起。綁在我身上的腰帶脫落，松樹倒向沙灘上。我全身纏滿散發海岸氣味的漁網，在沙灘上朝大海的方向被拖去。數名男子撲向漁網，將漁網往反方向拉。纏繞我全身的漁網，朝大海的方向被拉成長長的一條直線。男子們喚來其他漁夫同伴，脫去身上的衣服，只穿著兜襠布。他們一同出聲吆喝，齊力拉網，我的身體逐漸遠離岸邊。男子們的模樣看起來是那麼可靠，他們鼓足全力，讓我的身體與陽間緊緊相繫。

「看起來就像眾人合力在對抗大海的意志。」

我只能在漁網中替眾人加油，這時輪來到我身旁對我說道。從漁網的網眼可以望見外頭的情況。她手中握著一把小刀。

「耳彥先生，真到緊要關頭時，就用這把刀切斷食指吧。或者是削去一點皮肉，戒指應該就能取下。這遠比沉入海中溺死來得好吧？」

「妳的提議真可怕，不過很有道理。蠟庵老師人呢？」

「他在對面沉思。他覺得好像還有什麼可以取下戒指的方法沒試過。」

以我被纏繞的地方為起點，被拉得又遠又長的漁網，一路往海的反方向延伸。全身只穿著一件兜襠布的男子們緊抓著漁網，雙腳踩在沙灘上，上身往後仰，全力撐住。和泉蠟庵、村長，以及其他看熱鬧的群眾就在他們身後。女人們以繩子綁住漁網，加長長度，綁向樹木和岩石。我高高舉起右手，刻意讓血往下流。如果能消除手指的腫脹，或許就能取下戒指。

但將我拉往大海的力量，變得更加強大，超出人們所付出的努力。那些全力撐住的男人們，開始被一步一步往海的方向拖去。我感覺自己彷彿會整個倒懸落入海中。原本綁在樹木和岩石上的繩索也承受不住，紛紛斷裂。我的身體緊緊纏在漁網中，一路橫向滑行，在沙灘上留下拖痕。漁夫們發出吆喝聲，用力拖住漁網。多虧有他們的咬牙苦撐，我的身體才得以在貼近海岸線之際停住。

傳來海水冰冷的觸感。浪潮沖溼我橫躺的身軀，在沙地上來去。大海拉我的力量，與漁網拉上岸的力量，正在相互抗衡。漁網嵌進我體內，隱隱作疼。再這樣下去，我或許會像涼粉一樣，讓漁網的網眼穿過我全身，化為一塊塊的小方塊。浪潮已淹到我腳下，輪站在我身旁。她表情凝重地望向海的另一頭。

「剛才村長說，就快要漲潮了。」

四

浮雲飄動，夕陽餘暉照向海面。浪愈來愈高，海岸線正在改變，我原本所在的位置已完全沉入水中。有一股莫名的力量在拉扯我的身體，所以我無法好好站立。不過，要是一直躺著，便會活活溺死。於是我跪在沙地上，以漁網撐住身體，挺起上半身。頭抬在水面上，勉強能呼吸。

沙沙、沙沙，浪潮打向沙灘，從海平面的遠方打來，旋即又離去。不管再怎麼強的浪打向我，我的身體也不會因此而搖晃。因為往大海的力量與漁網的拖曳力量正在拉鋸。

身穿兜襠布的男子們在沙灘上排成一列。如果沒有他們，此刻我已置身海中。和泉蠟庵朝我走來，衣服下襬也跟著浸入海中。他摩挲著他那端正的下巴，低頭望著我，臉上露出歉疚的表情。

「覺得好像快想到了，但偏偏就是想不到。」

「你是指什麼？」

應完這句話後，我咳了起來。一陣大浪打來，打向我的臉。

「取下戒指的方法。」

那微帶乳白色的綠色戒指，此刻仍緊緊嵌進我食指裡。皮膚因為泡水而腫脹，變得比剛才還要緊。

「請幫我帶海龜過來。只要坐上海龜背後，或許能平安抵達龍宮城。」

方形的網眼緊抵著我的嘴，我哭哭啼啼地說道。浪潮在耳畔發出響聲，水位似乎又提高了。我死命抬起脖子，讓臉維持在海面上。背對夕陽的和泉蠟庵臉上，形成一道暗影，原本在沙灘上休息的輪也朝我走來。她腰部以下全浸入海中，在浪潮的拍打下步履踉蹌，站在和泉蠟庵身旁。

「拉網的漁夫們力氣也快要用光了。在那之前，應該要用它了。」輪朝我遞出那把小刀。我隔著網眼接過那把刀，下定決心點了點頭，以顫抖的手將刀子抵向食指，朝戒指緊緊嵌住的指根處用力。但就在即將切下時，卻又心生恐懼，就此打消念頭。

「不行，我辦不到！」

只要切掉一根手指，就能撿回一命。戒指只會帶著食指返回大海，但我怕疼。在夕陽晚照的海邊，傳來我的啜泣聲。和泉蠟庵和輪皆不發一語地望著我，我涕淚縱橫，在漁網中放聲吶喊。

「知道我是個這麼窩囊的男人，你們兩位都嚇到了是嗎？」

這時，輪流露詫異的表情說道：

「不，這我老早就知道了。」

「既然這樣，為什麼妳一直都沒說話。」

「你如果不砍手指的話，就把刀還我吧。這把刀挺貴的，我可不希望你被吸進海中時，連它也一起被帶走。」

「可惡，這種爛東西。」

我從網眼裡將那把小刀往外丟。小刀沉入水中，輪潛入水裡撿拾。

這時，原本包覆我的網繩，有一根斷裂。就連眾人認為牢不可破的漁網，看來也即將達到極限。我哭著向大海討饒。和泉蠟庵道：

「耳彥，我看你還是砍掉手指比較好吧。要是可以事先冰敷手指就好了，這樣可以減輕疼痛。至少先用線纏住指根處，好阻斷血流。」

說到這裡，和泉蠟庵突然像是想到了什麼。他鬆開盤起的雙臂，視線投向那緊緊嵌在食指上的戒指。輪詫異地向他問道：

「怎麼了，蠟庵老師？」

「你們在這裡等一下，我去拿用具來。」

和泉蠟庵轉身撥開浪潮，往沙灘處走去，前往他擺放行李的地方。見他那匆忙的模樣，原本聚在一起的圍觀群眾也急忙讓開一條路來。

海面已上升到我耳畔，我得往上噘起嘴才能呼吸。天空無限寬闊，雲的外圍在晚霞的彩繪下，閃閃生輝。啪的一聲，又有一部分漁網斷裂。和泉蠟庵撥開海水，回到我面前，手中握著針線。

「耳彥！伸手！」

我再次從網眼中伸出食指。我心想，接下來應該是準備要切斷我的食指吧。他打算用線纏住我的手指根部，阻斷血流。但如果是這樣，為什麼需要針呢？

「接下來我要取下戒指嘍。」

和泉蠟庵如此說道。我一時還懷疑是自己耳朵進水聽錯了，但似乎不是這麼回事。他馬上進行作業。首先是將針尖鑽進戒指和皮膚的密合處，針連著線，因為太過匆忙，針一時刺進皮膚，流出血來，但現在已顧不了這些了。戒指和皮膚之間無比貼合，但針還是勉強鑽進裡頭，穿了過去。

「好，這樣就行了。」

和泉蠟庵頷首。一條線穿過戒指，從指尖朝手掌延伸而去。和泉蠟庵按住垂向手掌的線，加以固定。接著將垂向指尖的線纏向手指，就像要纏住皮膚般，綁得很牢，但他並非隨便亂纏。他先是在戒指旁纏上一圈，接著往上移個位置再纏兩圈，然後再往上移，纏上三圈，線纏得很整齊。戒指仍舊沒有能取下的跡象，這項作業才進行到一半，但這時，又有多條漁網的繩索被扯斷。

最後漁網終於斷裂。原本包覆我全身，牢牢與陸地相連的漁網觸感，頓時消失。我全身沒入海中，彷彿被人緊緊抓住般，拖入海中，只傳來咕嚕咕嚕的氣泡聲。

頭頂的海面映照出晚霞景致，那紅光就像布滿了寶石一般晶亮。我伸長手臂求救，輪握住我的左手，我也回握她的手。她一隻手緊抓漁網，另一隻手則是抓住我的手，和我一樣沒入水中，衣服下襬在水中漂蕩。她鼓起腮幫子，深吸一口氣，緊緊拉住往大海而去的我。

我們緊握彼此的手，極力撐住。這時候要是放手，我就完了。我想像著手慢慢滑脫的景象，但說來也真不可思議，輪和我的手緊緊相連。

和泉蠟庵潛入水中，抓住我的右手，為了取下那顆戒指。先前好不容易纏好的線又鬆脫了，他急忙重新綁好，一路用線從戒指朝指尖緊緊纏住皮膚。接著和泉蠟庵開始將手掌那一側的線以反方向纏繞，結果在包夾戒指的狀態下，線逐漸鬆脫。

我曾經見過一種叫螺絲的玩意兒。國外進口的火繩槍就用到了螺絲，那是在很像釘子的鐵條上，刻出螺旋狀的溝痕。和泉蠟庵為了取下戒指所用的方法，讓我聯想到螺絲的螺旋。轉旋的力道會轉變成朝向另一個方向的力量，線每鬆開一圈，戒指就會往外移出一條線的寬度。

最後戒指終於鬆動了，隨著線一圈一圈地解開，那綠色的戒指也逐漸移向指尖。戒指移動的前方，仍纏著一圈又一圈的線，緊緊壓住皮膚。已沒有隆起的皮膚卡在那裡阻礙戒指通過的情形，它來到食指中間的位置。戒指與皮膚間形成些微的縫隙，就算什麼也不做，戒指還是被往外拉，最後從我的手指脫落。綠色的翡翠戒指上頭還纏著線，就這樣被吸進幽暗的大海深處，消失無蹤。

我的身體頓時重獲自由。將我往海裡拖的力量消失了，輪和我在漁網的牽引下，在水中翻了一圈，隨著浪潮被沖向沙灘上。

頭頂上成群的海鳥，在布滿紅霞的天空穿梭翺翔。沙沙、沙沙，浪潮靜靜打向岸邊。我和輪仰躺在沙灘上，一時間無法動彈。輪溼透的頭髮緊黏在臉頰上，胸口上下起伏，急促地喘息著。看熱鬧的人群發出歡呼，全聚了過來。用力拉漁網的男子們全都大汗淋漓，原地躺下。和泉蠟庵露出鬆了口氣的神情，返回岸上。他衣服滴著水，朝我們走來，確認我和輪都平安無事後，前往向協助我們的村民們致謝。我躺在地上望著自己的右手，原本戴戒指的部位膚色泛白，接著我突然發現一件事。

我們仍舊在昨天那家客棧過夜。天明後，我們四處向漁村裡的人們答謝，接著就此啟程。走在沙灘上，發現地上有根長長的脛骨。為了避免絆倒，我們大步跨過它，離開海邊。昨天就像是被什麼給纏住般，覺得身體無比沉重，現在則完全沒這種感覺，那紅色手印也已從我身上消失。

幹道沿著海邊而行。和泉蠟庵和輪邊走邊聊各地流傳的龍宮傳說。聽和泉蠟庵說，浦島太郎這個童話故事似乎有許多傳說原型。有見到海龜遭人欺負，出面解救的浦島太郎，也有釣魚時捕到海龜的浦島太郎；有的故事說那隻海龜變身成女人，嫁他為妻，也有故事說他去的不是龍宮城，而是蓬萊山。至於結局，有的說他碰到寶箱冒出來的煙，就此成為老翁，一命嗚呼；有的則說他化成一隻白鶴展翅而去，與乙姬相會。話說回來，浦島太郎這名字是最近人們替他取的，以前他其實名叫浦島子。和泉蠟庵接著道：

「將這些自古流傳的故事說給孩子們聽時，一些枝微末節的事會消失或是更改，而變得愈來愈簡單，只會留下最令人印象深刻的部分，最後就演變成浦島太郎這樣的童話形態。」

「耳彥先生也說過，那故事最後很不合理。為什麼浦島太郎會突然變成老人呢？他救了海龜，明明是好事一樁啊。不過，從海裡回來後變成老人那一段，為什麼會留了下來，且廣為流傳呢？」

聽輪這麼說，我馬上在一旁插話道：

「妳連這個也不懂啊？看來妳只是比較博學，但腦袋可就不靈光了。」

輪板起臉孔，我不予理會，自顧自地說道：

「經歷過昨天那件事後，我頓時全都明白了。海底確實有龍宮城，而寶箱的怪煙，肯定也微微瀰漫在海中。就像煙會在空中擴散開來一樣，龍宮城那個寶箱的怪煙，也會在海中擴散。」

我抬起雙手讓他們看。

「我現在已離開海邊，恢復原狀，但昨天我的手就像老人一樣皺巴巴的，就連手指的皮膚也變得跟渾身皺紋的老頭子一樣。要是在海裡待久了，我的身體一定會變成老頭子。只因為我沒直接吸入怪煙，所以過了一會兒之後就恢復原狀了。」

其實我並不是真這麼想。只要泡在水中，就算不是海水，手也會變得皺巴巴。但因為昨天那件事，我腦中突然閃過這樣的說法。和泉蠟庵說過，我們的手之所以會變皺，是為了適應在水邊的生活，身體自然產生的變化。例如掉落河中，非得牢牢抓住岩石時，手指有沒有變皺，吸附的方式也會有所不同。

和泉蠟庵對我的意見相當激賞，輪則是靜靜望著自己的手掌。經這麼一提才想到，昨天漁網斷裂，我沉入水中時，是她抓住我的手，阻止我沉入水中。當時我們緊緊抓住彼此的手，一直都沒鬆脫，或許就是拜手變皺之賜。我對輪說：

「妳當時為什麼沒鬆開我的手？要是稍有差池，或許會連妳也一起被拖入海底呢。」

「沒放手的人是你吧，耳彥先生。我本想甩開，但被你抓得好緊。多可怕的求生意念啊，真是太驚人了。」

「是嗎？算了。總之，我得向妳答謝一聲，謝謝妳。」

輪把頭轉向一旁。

和泉蠟庵在幹道上轉彎，往山的方向走去。已聽不見海鳥的鳴叫與浪潮聲，同時也感受不到海風。海平面在身後逐漸遠去，最後終於再也看不見。

方形頭蓋骨的孩童們

一

山賊、土匪、強盜出沒的情形，比以前銳減許多，這是事實。在戰禍連綿的舊時代，襲擊旅人搶奪財物的宵小遠比現在來得多。這是為什麼呢？是因為打敗仗的落魄武士淪為山賊嗎？或是時局不靖帶來貧困，促使人們以偷盜為業嗎？不過，戰亂的時代已經結束。最近有不少人出外遊山玩水，因為現今的世道，可以讓人們安心地踏上旅程。話雖如此，山賊似乎仍未完全絕跡。

「請你們多加小心，前方這座山有山賊出沒。前些日子，有一名旅人被剝光身上衣服，斬去首級，之後被人發現屍體。官府極力找尋山賊的藏身處，但至今仍遍尋不著，不知他們藏匿何處。為了謹慎起見，你們最好改道而行。」

臨行時，客棧老闆特別如此吩咐。應該是聽說我們的目的地後，替我們擔心吧。我的朋友，同時也是雇主的旅遊書作家和泉蠟庵回答道：

「那就這麼辦吧。因為該有那些人在的地方，自然會有他們的存在。像我身旁這位，不久前才遇上一場慘痛的經歷呢。」

和泉蠟庵朝我瞄了一眼。一聽到山賊，我的膝蓋便忍不住發抖。

「怎樣的慘痛經歷？」

提問的人，是一位名叫輪的女子。

「我被山賊帶走，差點就被他們殺了。那件事真的很駭人，從那之後，我有好一陣子都心神恍惚，什麼事都不想做，整天就只是在家躺著。」

「你不是一直都這樣嗎？」

輪是請和泉蠟庵寫旅遊書的那家出版商的夥計，與我們一同旅行，幫忙實地勘察。旅途的費用全由輪支付，不過她的荷包守得又牢又緊，如果我在用餐時想點酒喝，她就會擺出兇神惡煞的臉瞪我。真是可怕的兇婆娘。

「總之，我可不想再遇上山賊了。」

用不著我堅持，大家也都達成共識，決定避開山賊出沒的地區。雖然多少會繞點遠路，但這也是沒辦法的事。要是旅行的天數增加，旅費也會跟著增加，所以掌管荷包的輪向來都會為之蹙眉，但這次連她也沒反對。

我們要前往的是某處溫泉地，但並非是要前往泡湯療養。和泉蠟庵的工作，是造訪全國各處溫泉地，勘察溫泉的品質和功效、當地的知名美食、交通路線，然後編寫成書。我則是他雇來背行李的苦力。

我們離開客棧，開始走向溫泉地，但這時出了狀況。和泉蠟庵是個重度路癡。他自認走的是避開山賊出沒的地區，但後來才發現，我們在不知不覺間正朝那個方向走去。

我們急忙原路折返，但方位變得詭異起來。太陽所在的位置，與我們預測的方位截然不同。輪逐漸轉為沉默，她臉上的表情寫著「那改變不了的狀況又出現了」。每次只要跟和泉蠟庵一起，就連筆直的路也會迷路；明知某個方向不能去，卻偏偏一步步往那裡靠近。

我們走進一條像獸徑的小路。前方有一座山坡、一個洞窟，一旁繫著幾匹馬。我們腦中冒出一股不祥的預感，馬上躲進草叢中觀察情況。從洞窟裡走出一群髒兮兮的男子，低俗的臉龐掛著微笑，正朝岩地上撒尿。腰間插著刀，不過，怎麼看都不像武士。洞窟旁躺著一對像是被刀砍死的男女，蒼蠅在四周盤旋。

「蠟庵老師，那是……」

輪臉色蒼白地說道。

我不小心踩到枯葉，發出聲響。男子們尿到一半停住，轉頭望向我們。這並不表示我們已被人發現，只要別出聲，應該就能繼續躲在草叢裡，不會有事，但我再也按捺不住。

「嚇……！」

我大叫一聲，發足飛奔。他們肯定是山賊，不會有錯的。

「誰?!」

響起一個男人的聲音。和泉蠟庵和輪也開始往回衝。他們兩人步伐飛快，我馬上便被他們超越，只能跑在他們後頭，望著兩人的背影。

「別、別拋下我啊！」

我們不顧一切的在林中疾馳。不久，感覺山賊已沒在後頭追趕。

天空烏雲密布，天色黯淡。我們在山林中行走，由於分不清東西南北，只顧著逃命，一時間也分不清哪裡會有村落。會發現那個村莊，純屬偶然。我們撥開草叢前進，驀然發現前方有個無人的村落。此地四周環山，低垂的浮雲看起來就像替這村莊加上蓋子。大部分的住家都在風吹雨淋下，幾近傾毀。在屋舍間有幾塊水田和旱田，上頭雜草叢生，猶如荒野。以前可能有人居住吧。照這樣看來，這裡的居民消失至今，至少也有十多年的光景。由於是這種灰濛濛的天氣，草木的顏色看起來死氣沉沉，四周飄散著一股陰鬱的氣氛。

和泉蠟庵仰望天空說道：

「就快要下大雨了。天色將暗，我們快找尋一間可住的人家，就在這裡將就一晚吧。」

我們分頭找尋可供躲雨的人家。我們一間一間看，從敞開的大門往內窺望，查看屋頂有沒有破洞。不久，開始下起雨來，地面變得泥濘。當真是傾盆大雨。

「蠟庵老師！耳彥先生！這邊！」

輪頂著雨，向我們招手。她似乎已找到屋況不錯的人家。我與和泉蠟庵踩過地面的積水，朝輪奔去。途中，我的腳底感覺到一種堅硬的觸感。傳來某個東西碎裂的聲響。

「耳彥，怎麼了？」

「蠟庵老師，這……」

我指向地面。大大小小的骨頭散落在泥濘中。我踩到的好像是肋骨之類的東西。裡頭也有頭蓋骨，但它的形狀相當古怪。

和泉蠟庵從泥濘中撿起一個頭蓋骨，以雨水拭去髒汙。眼窩、鼻孔、成排的牙齒等，這些臉上的部位都很一般。但它的頭卻和一般的渾圓形狀不同。它的左右側面、後腦、頭頂這四個面，顯得很平坦。換言之，這顆頭呈四方形。

二

和泉蠟庵汲取雨水倒進鍋內，開始燒開水。我以灶火取暖，鬆了口氣。輪發現的這戶人家相當乾淨，煮飯所需的道具也一應俱全，不像其他屋子一樣布滿蜘蛛網。就像有人維護一樣。唯一的缺點，就是爐灶升起的炊煙。爐灶內好像塗抹了某種奇怪的藥物，會產生大量白煙。所幸炊煙會從茅草屋頂的天花板散去，我們才不至於被濃煙給活活嗆死。

在開水燒開前這段時間，和泉蠟庵雙臂盤胸，坐在空蕩蕩的木板地上，俯視一個裡頭空無一物的木箱。輪走到他身旁問道：

「那箱子是什麼？」

「從隔壁人家那裡拿來的。還有許多和它一樣的木箱。剛才我往其他屋子裡頭看，也看到一樣的木箱。妳猜這是什麼？」

這大小可以放入一整個西瓜。沒有蓋子。

「應該是用來放米或蔬菜吧？」

「可是很多都放在棉被旁。或許是睡覺時會用到的物品。」

我也加入他們的談話。

「一定是在這裡頭放入骰子，然後拿起來搖晃。臨睡前玩這樣的遊戲。」

「耳彥先生真是滿腦子想的都是賭博呢。」

「可以請你先閉嘴嗎？蠟庵老師，這木箱的真正用途到底是什麼？」

「別小看我，我還會想到酒。」

輪白了我一眼。

「可能是套在頭上吧。」

「套在頭上？」

「套著它睡覺。也就是類似枕頭的功用。因為這個緣故，這裡的村民頭蓋骨才會都長成四角形。」

聽和泉蠟庵說，只要用箱子罩在蔬菜或水果上頭，便會長成和木箱內側一樣的形狀。人類可能也一樣，如果從嬰兒時期就用箱子套在頭上，或許頭蓋骨就會變成四方形。

「可是，為什麼要這麼做？」

「或許看在這裡的村民眼中，四方形的頭才是美。」

「有這種荒唐事嗎？」

路上的骨頭是村民的嗎？如果是，這村莊到底發生了什麼事？骨頭散落一地的場所位於村莊正中央。看來不是埋在墓裡的屍骨露出地面。這給人的印象，似乎是有許多村民在那地方喪命，就此被棄置在那裡。感覺陰森可怕。

輪忙著張羅晚飯。她從裝有味噌的竹筒裡舀了一匙，溶進煮沸的開水中。飯已煮好，裝進各自的碗中。最後連沾在鍋底的香脆鍋巴，也全都一掃而空。

我們決定留下爐火，直接在此就寢。外頭已是一片漆黑。只有雨聲仍持續著。正當我即將進入夢鄉時，感覺外頭有人。

沙……沙……沙……

是踩著泥濘的地面走來的腳步聲。我們坐起身，豎耳細聽。是山賊嗎？還是其他東西？我屏氣斂息，這時屋外傳來說話聲。

「抱歉打擾，有人在嗎？」

是個沙啞的聲音。和泉蠟庵站起身應門。

「有。請問是哪位？」

「我是一名旅人，想請您讓我在府上叨擾一宿。」

和泉蠟庵打開門。一陣寒風從外頭吹進屋內。由於爐火未熄，門外這名人物的模樣清楚浮現在幽暗中。

是名僧人。穿著一件略顯骯髒的寬大僧袍，腳下滿是泥巴。他摘下遮雨用的斗笠，露出年輕的面容。是名長臉的男子。見到我們的面容後，這名僧人臉上浮現鬆了口氣的神情。

這位年輕的僧人說他從昨天開始便粒米未進，為了他，輪再次生火煮飯。和泉蠟庵和僧人面對面坐在木板地上交談，我在一旁聆聽。和泉蠟庵說明我們現在所處的情況，他說我們目前同樣在旅行，偶然路過這個村莊，因遭逢大雨，才會在這戶人家借住一宿。

「原來是這麼回事。你們是為了什麼而出外旅遊呢？」

是患有喉嚨的疾患嗎？僧人以和他年輕的容貌很不搭調的沙啞嗓音詢問。他的僧袍都已溼透，卻沒脫下來晾乾，是對我們存有戒心嗎？為了能隨時逃離。

我們輪流說出和泉蠟庵的職業和這趟旅行的用意。一提到和泉蠟庵老會迷路的毛病，似乎激起了僧人的興趣，他一再發問。我們告訴他之前誤闖的奇怪地方、被捲入的風波，以及遭遇的怪事。由於和泉蠟庵迷路的情形著實離譜，連僧人聽了也忍俊不禁。

「小師父，您在笑什麼？因為蠟庵老師路癡的毛病，我們有多傷腦筋，您都不知道呢！」

輪鼓起腮幫子。

飯煮好了，她添了一碗飯，遞向僧人面前。

「嗯，好香啊。」

僧人雙手合十後，開始用餐，吃相著實驚人。

出外旅遊，總會有難得的邂逅。當中也會從邂逅的人們口中聽聞耐人尋味的事。這名僧人正是如此。祭完五臟廟後，僧人轉為一本正經的神情，開始道出他來到這座村莊的原委。

「我曾經見過一名老翁，他是這座村莊的倖存者。老人以畏怯的聲音說，村民們的屍骨都沒人供養，散落地面。聽說村裡倖存下來的，就只有孩童，以及包括村長在內的幾名大人。其他村民全死了。他拜託我替死者們誦經，於是我才來到這裡。」

不過，雖然順利抵達村裡，卻也淋成了落湯雞，他一直在找尋可供歇腳的地方。在雨中，他聞到我們吃完的米飯和味噌湯殘留的餘香，就來到這間屋子。

爐火和座燈的亮光，將屋內照得一片朦朧。和泉蠟庵和僧人的影子顯得無比巨大，幾乎都抵向天花板了。

「那麼，您知道這村子發生了什麼事嗎？」和泉蠟庵問。

「村民們是怎麼死的？」我問。

「那些頭蓋骨為什麼是方形的？」輪問。

僧人一臉為難地摩挲他渾圓的腦袋。嗯，腦袋果然就得是圓的才像話。

「我知道了。那我就告訴你們吧。」

我們三人豎耳聆聽僧人道出緣由。

「這村子曾發生過不祥之事，村民們或許是遭受了報應。當初我聽倖存的老翁說那件事時，因覺得過於駭人，還嚇得直發抖。這個村子一直都在製造可以賣給珍奇展示屋的孩童。」

「珍奇展示屋？也就是慶典時常可以看到的那種表演嗎？」

我在一旁插話道。僧人頷首。

「聽說這裡原本是個窮困的鄉村，沒食物可吃，一直都有人活活餓死……儘管如此，那樣的行為還是……」

說到珍奇展示屋，我也曾參觀過幾回，那是可以參觀珍禽異獸和稀奇珍品的地方。我生平第一次看到孔雀，就是在珍奇展示屋。當中尤其令我印象深刻的是駱駝，為了一睹那遠從滿是黃沙的國度帶來這裡的生物，大批的客人將珍奇展示屋擠得水洩不通。

我還見過有八顆頭和八隻腳的怪牛。生物偶爾會以異於常態的形體降生這世上。他們多半一出生就喪命，但如果能倖存下來，有時便會被賣給珍奇展示屋。那八顆頭八隻腳的牛，以及三隻腳的雞，便屬於這一類。

人也是一樣的情形。偶爾會產下這樣的孩子。我也曾親眼目睹，這些孩子擁有無法正常工作的體型，因而在珍奇展示屋裡供人參觀。他們有的骨骼彎曲，有的長了兩個頭，各種奇形怪狀皆有。為了減少村裡耗費糧食的人口，理應會被殺掉的這些孩子們，由珍奇展示屋的老闆買下，加以養育。珍奇展示屋就是一處給這些人工作，供他們飯吃的場所。

然而，特地製造這樣的孩子賣給珍奇展示屋，這又是什麼意思？

「這個村子，會將調配好的多種毒物稀釋，讓懷有身孕的女人喝下。」

在爐火和座燈的亮光下，僧人臉上形成濃濃的暗影。

「稀釋過的毒，對母親無害，但是對腹中的胎兒卻有強烈的影響。村民們以這種方式讓孕婦產下畸形的孩子，他們大多活不了多久。如果能平安長到十歲大，就會賣給珍奇展示屋。這種事一直不斷在這村子上演，他們一再製造長相怪異、身體畸形的孩子，賣給珍奇展示屋的老闆，藉此牟利。」

「那些母親不會抗拒嗎？為了保護孩子，不會想吐掉毒液嗎？」

我如此詢問，僧人聽了之後搖了搖頭。

「不，她們好像還自己主動喝呢。她們所受的教導，讓她們認為這麼做是理所當然的事，所以應該不會質疑。對孩子們來說，大人說的話就是真理。就算讓母親服藥，有的孩子還是會幸運地以正常人的姿態誕生，但他們又會被改造成特殊的樣貌。從嬰兒時代起，就把木箱套在孩子頭上。聽說這麼一來，頭就會長成和木箱內側同樣的形狀。木箱會壓迫頭部，有些孩子受不了疼痛，就此喪命……」

「真可憐……」輪低語道。

「為了長大後仍舊保持方形的頭部，聽說睡覺時得把頭擺在木箱裡。」

「可是，村民們不是全都死了嗎？」和泉蠟庵問。

僧人嘆了口氣，抬頭望向茅草屋頂。從爐灶裡冒出的白煙，升向屋頂後，穿過茅草間的縫隙，往外散去。

「這村子長期以來一直都這麼做，產下奇形怪狀的孩子，然後賣給珍奇展示屋。聽說後來餓肚子的情形已很少見，村長中飽私囊，在家中藏匿了大筆錢財，但孩子們卻什麼也不知道，以各種姿態降生在這世上。殺了村民的，是以這種方式產下的一名少女。

三

以怪異姿態誕生的孩子們，會集中在同一處地方養育。聽說是由長成四方形腦袋的大人們負責照顧。那位少女也在那裡生活。

少女有兩顆頭，但思考和說話都只靠其中一顆頭，另一顆頭則一直在睡覺。她母親在生產時過世，少女一直不知道誰是她的生父，就這樣長大。

在那個屋子裡生活的孩子們，天生下來各種奇形怪狀皆有。有的臉上長了許多眼鼻，有的肋骨長在體外，有的沒有手腳，也有身體相連的雙胞胎。

那些正常生下的孩子們，反而還很羨慕他們。正常生下的孩子，得把頭變成四方形才行。因為罩著又窄又小的木箱，令人頭痛欲裂，有的孩子甚至因此發瘋。他們無法賣給珍奇展示屋，只能一輩子待在村裡靠勞力維生。就只有慶典的時候能到村外去，前往各地應急搭建的珍奇展示屋，向人展示他們四方形的腦袋，賺了錢之後再返回村裡。這就是正常產下的孩子謀生的方式。

至於模樣古怪的孩子們，則是備受呵護，等長到了十歲，就賣給珍奇展示屋。他們在外頭賺錢，再將部分收入寄回村裡。有時也會返回故鄉，這時他們就會描述外頭世界的種種。少女也認為自己日後有天會前往珍奇展示屋。

熊來到村子，是在少女還小的時候。熊走出深山，起初只是破壞農田，但不久便開始闖入民宅，遇見村民便展開襲擊。某天，熊滿嘴都被鮮血染紅，朝少女他們居住的房子走來。孩子們在屋裡緊緊抱住彼此，抬頭望著那登堂入室的巨大生物。

熊決定朝孩子們下手，一步步逼近。就在這時，少女那顆總是在睡覺的頭動了起來。

她的嘴脣微張，有生以來第一次開口說話。那不是普通的話語，而是經文。

熊望著少女，開始畏怯地後退。少女繼續誦經，熊就此轉身走出村外，逃也似的衝回山裡，再也沒出現。

聽說少女那第二顆頭，之後仍不時會開口誦經，每次都會發生不可思議的事。有一次平息了暴風雨，有一次則是落石即將砸中人時，令巨石粉碎。少女深受村民景仰，住同一間屋子的孩子們也都很尊敬她。

這名少女之所以會殺了村民，原因在於她的妹妹。那不是她的親妹妹，而是住在同一間屋子裡，與她情同姐妹的女孩。那女孩比少女小兩歲，腦筋不太好。她最怪異的就是她的白，她的肌膚、頭髮、眼睛全是白色。女孩深受眾人喜愛，只要她靜靜坐著不動，蝴蝶和小鳥都會聚在她身上。女孩坐著時，不知為何，草木都會長得特別快。

但在村裡祭典那天，那全身雪白的女孩卻消失不見了。大人們說，女孩是被珍奇展示屋買走。原本並沒有不到十歲就賣的例子，但似乎有人很中意這女孩，所以才特別提前。少女聽了之後，因為沒能跟女孩道別，心中頗感遺憾。

當天晚上，在村莊的中央燃起了盛大的營火。那些四方形腦袋的大人們，以及體型異於常人的孩子們，圍著營火唱歌跳舞。笛聲入夜後仍未停歇，每個孩子各發一個包子。

沒人知道少女是因為什麼緣故而到村長家偷窺。也許是她看見大人們偷偷摸摸地依序走進村長家，激起了她的好奇心吧。少女從門縫偷偷窺探村長家，結果看到一群在接受菜餚款待的大人們。他們面對盤裡的菜餚，雙手合十，然後將那一小塊肉送入口中。如果只是這樣，並不足為奇，但大人們發現少女後，馬上臉色發白，以嚴峻的口吻趕她走。那模樣實在很不尋常。少女避開大人們的攔阻，闖進廚房裡。眼前看到的，是已被大卸八塊，攤放在砧板上的妹妹。

「因為肌膚和頭髮皆純白的人，相當罕見。有些地方稱這樣的人為人魚，據說吃了他們的肉便可延年益壽。村裡的大人們應該是相信這個傳說吧。那似乎是村長的指示，將女孩的肉一塊塊切下烹煮，大家分而食之。」

雨滴仍不斷打向屋頂。我們一直靜靜聆聽僧人沙啞的聲音訴說著這一切。

「少女感受到的悲憤不知有多強烈。她的第二顆頭緩緩張嘴，開始誦經。有幾個人一看到這一幕，馬上逃離現場。例如村長，以及告訴我這件事的老翁。他們知道少女的第二顆頭誦經時，連熊也害怕，甚至還能粉碎落石。可能是察覺自己將會災難臨身，才會頭也不回地逃離現場吧。」

逃走的人們過了幾天後，惴惴不安地回村內查看，發現那裡躺著許多屍體。孩子們全都保住了性命，在村裡的角落靠在一起，暗自啜泣。聽孩子們說，少女出現在村莊的廣場後，大人們的模樣就變得很古怪，紛紛肚破腸流，當場斃命。

「那名少女後來怎麼了？」和泉蠟庵問。

「離開村莊，就此行蹤成謎。」

輪臉上浮現陰鬱之色，就連我也聽得意志消沉。想到那些為了要賣給珍奇展示屋而被改造成怪異身體的孩子們，便覺得無比難過。但或許因為我們只是外地人，不是這村裡的人，才會這麼想。如果和孩子們一樣，在這村子裡誕生、長大，對於孕婦服毒生下畸形兒的事，恐怕也不會感到質疑吧。因為對孩子們來說，村裡行之有年的慣習，以及大人們說的話，就是這世界的真理。對孩子而言，父母就如同是神明，身心都會隨著父母說的話而改造。

「那些保住一命的孩子後來怎麼了？」我問。

「好像是由各地的珍奇展示屋收留。」

「他們得到幸福了嗎？」

「這個……就不得而知了。」

夜已深。我們也該結束交談，各自就寢了。

雨勢已由強轉弱。我們躺在木板地上，僧人直接穿著那身溼透的僧袍躺下。他這件僧袍顯得特別寬大，看起來就像蓑衣蟲。不久，大家開始發出沉睡的呼吸聲。爐灶的木柴在悶燒，黑色的木炭內側火熱的紅光時隱時現，在黑暗中煞是好看。

四

我作了一場可怕的夢，彈跳而起。雖然夢中的內容很快便忘了，但我無法馬上入睡，在木板地上輾轉難眠。和泉蠟庵和那名僧人躺在一旁，輪睡在較遠的地方，正微微打呼。我站起身，決定到外頭散步。或許吹吹風能轉換心情，有助入眠。

烏雲已散去，一輪明月高懸。皎潔的月光令村莊的樣貌浮現在暗夜中，許多個陷在泥濘中的白色之物為之閃閃生輝。是村民的骨頭，那四方形的頭蓋骨，黝黑的眼窩正面向我。頭部兩側以及後腦光滑的表面，呈現方方正正的形狀。

我一面走，一面想著僧人說的話。那即將傾毀的屋舍，很快就會被草木掩蓋，這塊悲慘的土地似乎就要化為荒野。

我感覺到黑暗的前方有人。在滿月的月光照不到的場所，有人藏身其中。並不是我自己想多了。我感到害怕，轉身想朝同伴所在的地方奔去。

「等一下。」

是男人的聲音。陸續有男人從黑暗中走出，一共有五人，從前後左右將我包圍。每個人腰間都插著看起來一點都不鋒利的長刀。當中有幾個人，先前在山賊的藏身處曾經見過。

「原來你們躲在這兒啊。」

「我對這傢伙的衣服有印象，是他沒錯。」
「其他人在哪兒？知道我們藏身處的傢伙，絕不能留活口。」
「要是傳了出去，可就麻煩了。」
我嚇得腿軟，當場癱坐在地。這群大漢一把揪住我的衣服，將我拉起。
「嚇……！」
我不自主地發出窩囊的聲音。可能是我的模樣過於滑稽，男子們鬨堂大笑。
「跟他說也沒用，殺了他吧。只要順著他的腳印，應該就能找到其他傢伙的所在地。」
在我正面的一名男子拔出長刀，其他男人與我保持距離。是不想妨礙男子揮刀，還是不想被血花濺到呢？我馬上跪地求饒，但男子們完全不為所動。男子舉刀過頂。這把鈍刀應該無法一刀令我斃命，肯定要費很大的力氣連砍數刀，才能將我砍死。我閉上眼，等候那一刻的到來。但在長刀斬落前，我聽到男子們的聲音。
「怎麼了？」
接著，我也發現了。從不知名的地方傳來誦經聲。是幼童的聲音，宛如語言的輪廓融解，緊緊纏繞而來的聲音。在黑暗的前方，一名僧人踩在泥濘的地面上，出現在眾人面前。是之前一直躺在我身旁的那名年輕僧人。他嘴巴完全沒動，雙脣緊閉，不發一語，但從他所在的位置，卻不斷傳來誦經聲。

「搞什麼，原來是個和尚。閃一邊去。」

「你先等一會兒。我們很快就會生一具屍體給你，之後你就有工作做了。」

「不，等等，他看到我們的長相了。這傢伙也得一併除掉才行。」

山賊們紛紛拔刀，刀尖朝向僧人。

「快逃吧。趁現在還來得及。」

僧人並不是在對我說。他瞪視著山賊們，如此說道。不過他的聲音聽起來不太一樣，一點都不沙啞。他那冷峻的聲音，不像男人的聲音，反倒像女人的聲音。僧人在說話時，誦經聲並未中斷。仔細一看，她的僧袍敞開，可以看見胸前的乳房。我這才察覺她是女人。也許他是為了掩飾女人的聲音，才刻意裝出沙啞的嗓音。之所以穿這麼寬鬆的僧袍，也是為了遮掩曲線嗎？

在她的乳房中間，附著一個駭人的東西。不光是我，在場眾人都發現了，山賊們也嚇得頻頻後退。一個像嬰兒般的東西，緊貼在僧人胸前。那模樣就像是由母親抱在懷中的嬰兒，身體絕大部分都與僧人的身體相連，交界處是平順的皮膚。頭部有一側陷在僧人的胸膛裡，另一側則是在外頭，能勉強看到嬰兒的嘴巴。這名頂著一顆渾圓光頭的女人，在銀白色的月光照耀下，慈愛地輕撫那緊貼在她胸前誦經的嬰兒。那模樣是如此聖潔，宛如由內而外散發著聖光。

我猛然回神，發現山賊們個個都安分下來。轉為茫然的神情，長刀紛紛脫手，插向地面。

「真可憐。」女子道。「我沒辦法阻止她，因為是她自己要這麼做的。」

她整理好僧袍，遮住胸前的嬰兒，但誦經聲仍未停歇。這已不再是言語，單純只是聲音。山賊們開始噴血，眼中也流出鮮紅的血滴，順著臉頰淌落，但他們並未表現出疼痛的模樣。非但如此，還露出因歡喜而顫抖的表情。他們的肚子逐漸鼓脹，變得又大又圓，幾乎都快要把衣服撐破，最後終於碰的一聲爆裂開來。肚腸散落一地，山賊們紛紛倒臥地上。

「耳彥，該起來了。會來不及出發哦。」

我呻吟著睜開眼。我躺在木板地上，和泉蠟庵正在搖我起床。煮好的飯香以及味噌的香氣送入鼻端，輪正將和泉蠟庵珍藏的味噌溶進灶上的大鍋裡。我坐起身，拭去額頭的汗水，環視四周。原本的緊繃感就此洩去。因為沒看到那名僧人，我嘆了口氣。

「……原來是夢啊。」

「夢？」

「是啊。我好像作夢了。啊，說得也是，那種事應該不可能發生吧……」

當我在自言自語時，輪一面準備早飯，一面問道：

「不可能發生？難道你夢到自己從事什麼正經的工作嗎？」

我正想回她幾句時，和泉蠟庵倒是先擺出無法置若罔聞的正經表情，開口反問：

「聽妳這口氣，好像當我旅行的隨從不算是正經的工作。」

「蠟庵老師，正經的工作是不會被山賊追著跑的。」

「……妳說得是。」

和泉蠟庵盤起雙臂。我想去洗把臉，就此站起身，結果身上的黃土掉落一地。我的衣服上沾滿了泥巴。這是怎麼回事，什麼時候沾上的？我側著頭感到納悶。睡覺前沒這麼髒啊。泥巴乾了之後，就是這麼髒。這時我猛然憶起，在夢中，我曾跪在泥巴地裡。

「話說回來，他到底去哪兒了？」

耳畔傳來輪與和泉蠟庵的對話。

「應該是一早辦完事便回去了吧。也許他不好意思吵醒我們。」

「……你們到底在說誰啊？」

儘管早已料到會是什麼答案，但我還是試著詢問。和泉蠟庵回答道：

「你睡昏頭啦？昨晚不是來了位和尚嗎？喏，他不是還告訴我們這個村莊不吉利的慣習嗎？」

我赤腳走下土間[10]，打開拉門往外衝。和泉蠟庵和輪不解地望著我。地面滿是四方形的頭蓋骨。儘管腳陷進泥濘裡，我還是一路往之前被山賊包圍的地方走去。那裡果然躺著五具死狀淒慘的屍體。

和泉蠟庵撿拾四方形的頭蓋骨，將它們湊在一起。他動手挖掘因下雨而變軟的地面，將遭到掩埋的骨頭一個一個拾起，在附近的一棵大樹底下排好。輪不發一語地幫忙這項工作。雖然有點恐怖，但我也跟著他們這麼做。關於山賊們的死因，以及僧人的真實身分，我已經告訴了他們。

「那名僧人昨晚前來敲門，真的是偶然嗎？」

和泉蠟庵將頭蓋骨一個一個排好，如此說道。

「什麼意思？」

「也許她躲在某處監視前來這座村子的人。例如我們住的房子，也許是事先準備好的。那個爐灶冒出的白煙，不是顯得很不自然嗎？也許裡頭塗有某種藥物，只要一點火，就會冒出濃煙。這麼一來，煙就成了一種信號，只要有人來到村裡，就算在遠處一樣看得出來。」

10.日式房屋入門處未鋪木板的黃土地面。

「就算真是這樣好了，那名僧人為什麼要這樣監視？有誰會來這種荒廢的村落？」
「那個人說過，有幾個大人倖存了下來。我記得她說，當初是村長決定殺掉那位與少女情同姐妹的女孩，吃她的肉，但村長卻逃過了死劫。也許她現在仍在找那位仇人。」
村長中飽私囊，將大筆錢財藏在家中。如果他留下那筆錢自己逃命去了，很有可能哪天會偷偷跑回來帶走那筆錢。
「那間屋子或許是用來獵捕返回村裡的村民之用。昨天她看到屋裡升起炊煙，並點燃燈火，心想或許是仇家回來了，因而前來查看情況。當然了，我沒有任何確切的證據可以證明這點。」
我猛然憶起。之前僧人來訪時，一見到我們的臉，便露出鬆了口氣的表情。那應該是明白我們不是她的仇家，化解緊張的情緒後，所流露出的表情。她之所以掩飾性別，扮成僧人的模樣，也許是為了掩飾身分，就算仇家見了，一時間也無法認出是她。
大樹四周聚滿了頭蓋骨。由於頭部側面和後腦都很平坦，所以排得整整齊齊，就像等著要裝箱似的。這是那些讓孩子們的身體變形，並加以養育的大人們死後的姿態。他們絕無惡意，甚至是抱持著慈愛之心在養育孩子。因此，我一方面對他們感到害怕，一方面又懷有一份敬意。我們朝這些人合掌膜拜。

削鼻寺

一

我在旅途中與同伴走失散，獨自落單。只有我沒迷路，抵達了下一個宿場町，其他兩人則不知道現在仍在何處徘徊。在前頭帶路的和泉蠟庵，他迷路的毛病堪稱一絕。明明是走在筆直的道路，但猛一回神，他人已消失無蹤。走在他身旁的輪，也跟著一起不見蹤影。

我停下腳步，思索著是該等他們兩人，還是該返回我們走散的地點。為了防範這樣的情況發生，輪給了我一些錢。有這筆錢，應該是夠我暫時用上一段時日，不過機會難得，我決定讓手上這筆錢由少變多。我知道什麼方法可以辦到，那就是擲骰子賭一把。

接著發生了不少事，最後我獨自蹲在宿場町郊外。輪給我的錢已經輸光，就連旅行的行李也被拿去抵債。那骰子肯定動了手腳。我淚溼雙頰，心裡發愁，不知該如何是好時，發現有一群人聚在告示牌前。

上頭貼著一張通緝畫像，似乎是附近的町村有名四處作惡的男子。一旁還寫有男子的身高、外表年紀、身體特徵，他的脖子似乎有一塊紫色胎記。告示寫著，一旦發現此人，請立即通報官府。

由於町民不識字，我便代為唸出通緝畫像上的文字。我識字，因為我一面旅行，一面向和泉蠟庵學認字。就連字跡潦草難辨的字，我一樣能輕鬆辨讀。

「蠟庵老師果然很會教導。要教耳彥先生識字，應該比管教猴子還難才對。」

那時見我可以流暢地唸出文字，輪也很訝異。

我唸出惡人的通緝畫像上的字後，町民們向我道謝。

「這位氣色不佳的小哥，謝謝你啊。對了，這名男子到底做了什麼事啊？」

通緝畫像上寫有他的殘暴惡行。我唸出之後，眾人皆面露驚恐之色。他幹過縱火、偷竊、恐嚇、強盜、殺人、強姦等勾當。而且將人殺害後，還削去對方鼻子帶走，所以搏得「削鼻平次」的綽號。

身無分文的我，踟躕徘徊。當我蹲在村町外郊一戶人家門前時，遭人踢了一腳，還對我說「看起來死氣沉沉的，快滾一邊去吧」。坐在路旁時，我被當作是病死路旁的屍體，還找來許多人圍觀。後來我躺在農田邊睡覺，被誤當成是地上的一塊破布，有人把落葉湊向我身旁，差點把我一把火燒了。

我飢腸轆轆，腦袋昏沉，但還是強忍著走上石階，發現前方有座古寺。我扶著布滿青苔的石燈籠，走在寺內占地，來到正殿。我就此倒在地上，一名身穿作務衣[11]的和尚走

11. 僧侶處理平日雜務時所穿的服裝。

來，搖晃我的身體叫喚我。我向他說明緣由後，他替我準備床鋪和飯菜。雖是像開水一樣淡的白粥，但對我而言卻是一頓豐餐。

這座古寺似乎就只有這位和尚一個人住。我端正坐好，一再向他道謝。不過他有一點令人感到在意，那就是我向他表示感謝之意，他卻冷冷的別過臉去。

「不，不用道謝。沒關係的。」

他體格健壯，盤腿坐在地上的模樣，不像和尚，反倒比較像山賊。可能是剛落髮不久，還透著青皮。我想借廁所一用，請他替我帶路，但他卻走錯走廊，打開其他房間的拉門。也許他才剛當和尚沒多久，最近才剛到這座寺院，還沒記住廁所的位置。我心裡這樣解釋。

夜已深，我正準備以和尚提供的被褥就寢時，突然聽到外頭傳來聲響。我起身從窗戶的縫隙往外望，只見和尚在月光下掘土。我望著他，心裡納悶他到底在做什麼，結果看到他搬來一個裹著草蓆的東西。他放向地面時，草蓆的一端捲起，露出裡頭包覆的東西。和尚不予理會，將那東西踢進掘好的洞裡，開始覆土。

我當自己是在作夢，重新回到被窩。我合上眼，但是那草蓆包裹的東西始終映在我眼中，揮之不去。在月光下，和尚踢進洞穴裡的，是被削去鼻子的一具老翁屍體。

是夢。那肯定是夢。但我就這樣無法成眠，直到天亮。我聽著麻雀的叫聲，悄悄爬出被窩。我決定不跟和尚知會一聲，直接偷偷離開寺院。

我從走廊來到外頭，小心不被他發現，但運氣不好，遇上正在以井水擦拭身體的和尚。我若無其事地向他低頭行禮，並為昨晚他提供我被褥和晚飯的事道謝。但我嘴巴在發抖，頻頻發出齒牙撞擊聲。

「你昨晚睡得好嗎？」

和尚臉上泛著笑容，朝我走近。重新與他面對面後，這才發現他是個像熊一樣魁梧的大漢。我猛然憶起通緝畫像上那名男子的身體特徵。雖然他頂著光頭，但身高和外表年紀完全相符，更重要的是他脖子上的紫色胎記。他正以井水擦拭身體，裸露著上半身，露出身上慘不忍睹的眾多傷疤。他朝我走近後，以幾欲把骨頭捏碎的力量一把握住我的肩頭。

「更重要的是，你看到了吧？」

「看、看到什麼？」

我佯裝不知，但他發出低沉的嗓音，伸手捏住我鼻子。

「你看到我在掩埋屍體對吧？喂，再不老實說，我就削掉你鼻子。」

二

削鼻平次似乎不是他的本名，不過他很喜歡這個通稱。聽說他流浪各地，四處作惡時，被官差查到藏身的客棧，他落荒而逃，躲進這座古寺。

古寺原本的住持不知道他是罪犯，好心留他過夜，但當天晚上，削鼻平次便殺了住持。他想到一個好點子，那就是化身成和尚，在這裡躲一陣子。在官差們轉往其他地區搜查前，暫時先忍耐一陣子。要是附近的人們前來，只要說前住持出外雲遊即可。他打算堅稱自己是住持的弟子，受託照顧本寺。而我來到這座古寺的正殿，倒臥地上時，這名惡徒才剛化身成和尚。他半夜掩埋的屍體，就是寺院的住持。

我被關進一座倉庫裡，它位於古寺占地的深處。這座倉庫並不大，但大小還足以供人橫躺。裡頭連引光用的窗戶也沒有，總是陰暗漆黑，連風都透不進來，說不出的悶。牆壁建造得相當堅固，就算用力撞也文風不動，想要鑿洞似乎也是不可能的事。倉庫裡並未擺放鋤頭或鐵鏟之類的農耕用具，而是堆滿了裝在木箱裡的佛具。

出入口只有一處，就是正面一扇雙開門。門鉸鍊也相當牢固，看起來不可能撞得破。外頭明亮的光線從門板間的縫隙照進倉庫內，形成一道細線。這扇門外頭以門閂閂著。我被帶來這裡時見過，門閂的結構，是一根堅固的木棒架在金屬扣環上。

我一直沒離開那座倉庫。削鼻平次動不動就會前來向我威脅道「你休想要大聲呼救。如果你敢這麼做，我馬上就殺了你」。食物和水都是從雙開門的縫隙送入。那縫隙只有手指般的厚度，不過如果是切得很薄的蔬菜，薄到近乎透明，就能穿過縫隙。從門縫間塞進來的切片蘿蔔，我總是捨不得吃，花很長的時間慢慢咀嚼。「將蔬菜切成薄片，是我的拿手絕活。在削去屍體鼻子的過程中，我的刀工也變俐落了，甚至能將蘿蔔切得像卷軸一樣又薄又長。」至於水，他則是以手巾吸滿水，從縫隙塞進來。我將溼手巾拉進倉庫裡，在嘴巴上方用力擰後，水滴落入口中，喉嚨因此得到溼潤。等到擰不出水後，再將它塞進門縫內，削鼻平次會將手巾拉出門外回收。

比較令人頭疼的是大小便的處理方式。關於這點，要從門縫往外傳實在有困難。就算拜託他讓我去上廁所，削鼻平次也不肯放我出去。我實在憋不住，只好往擺在倉庫內的木箱裡解決。裡頭的佛具就此沾滿了我的屎尿。就算朝木箱加蓋，還是封不住臭味，倉庫裡總是臭氣熏天，不久開始有白色的蛆四處爬行。躺著睡覺時，蛆爬進我的頭髮和口中，起初我覺得不堪其擾，但後來我感到飢餓難耐，索性直接抓起蛆吃了起來。我就像住在廁所裡一樣。為了呼吸，我把嘴湊向門縫前。

「喂，耳彥，你還活著嗎？」

「……我還活著。」

「這次要麻煩你這個。」

「……好的。」

削鼻平次一天都會來上數次，從門縫間塞進紙張。我住在倉庫裡，形同死人，但還是勉強回應，收下紙張。我將紙張湊向門縫射進的亮光，唸出上頭所寫的文字。那是經文。應該是之前的住持抄寫的經文吧。這個惡賊將經書一張一張撕下，拿來要我唸給他聽。

他之所以讓我活命，就只是因為我識字。削鼻平次想成為和尚，但經文他連一行也背不起來。他也考慮到，當附近的人們前來，他非得展現出和尚應有的作為時，若還是繼續這個樣子，肯定會出問題，或許也會有人請求他代替出外雲遊的住持為人誦經。為了因應這樣的情況，削鼻平次決定學習經文。他在住持房間發現經書，但他不識字，需要有人代為將上頭的文字唸給他聽。

雖然全身爬滿了蛆，但我還是一一唸出紙上秀麗的文字。虛弱無力，不帶半點氣勢的誦經聲，在這充滿惡臭的幽暗中迴蕩。不久，連我都分不清那究竟是我的聲音，還是黑暗中有人在誦經。

在門外陽光照得到的明亮處，那名假和尚跟著我複誦。接著傳來他強硬的聲音。

「把紙還我。」

我把紙張塞進縫隙裡往外送。感覺得出他在門外一把拉出紙張，望著上頭的文字。應該是想對照自己剛才聽到的誦經聲，和上頭所寫的文字吧。

「再唸一次。不，一次不夠，再多唸幾次。你就是為了這個才能保住性命。我向來都嘲笑別人的虔誠，而如今你就得教這樣的我誦經，就是這樣你才得以免死。」

那寫滿神聖文字的紙張，就這樣在門縫間來來往往，直到削鼻平次滿意為止。這樣的日子持續了好幾天，後來我發現自己已經會背誦經文。肚餓加上惡臭，使我連起身的力氣都不剩，我躺在密封的黑暗倉庫裡，一整晚都在誦經。多次夢見神佛前來解救我，然後在蛆爬滿全身的觸感中醒來。

削鼻平次給我水和切片蔬菜時，對我說道：

「告訴你為什麼我會在殺人後削去對方的鼻子吧。」

雖然不感興趣，但我連回答的力氣都不剩了，我拚命擰擠溼手巾，讓水滴下。

「只要削去對方的鼻子，就認不出對方的面貌。這麼一來，就能將對方忘得一乾二淨。之前我曾經殺了一個人，沒來得及削掉他鼻子就跑了，結果有好長一段時間，他的容貌一直浮現我腦中，看了真不舒服。」

據他所言，他削掉的鼻子全部都帶回家，放進壺裡用鹽醃著。每當他改換據點，一定都會把壺帶在身邊，但就在幾天前，他遺失了那個壺。

「官差來到我藏身的那家客棧。我連行李也沒拿便匆匆逃離，所以那個壺就擱在房間裡。真是可惜。我藏在客棧的壁櫥裡，或許現在還在那兒。」

造訪這座古寺的人並不多。在我被囚禁的這段時間，似乎也有人來過，但幸好沒人請他誦經。等到他可以從頭到尾默背經文後，是否就能請他放我走呢？我心中抱持這樣的期待，但削鼻平次似乎沒這個打算。

「看來，經文也很多種類。我從和尚的房間裡發現各種經書。什麼時候要唸什麼經呢？總之，當我把它們全部背下來後，我就會讓你解脫。放心吧，我會用我背會的經文迴向給你。也會像對其他人一樣，削下你的鼻子。」

三

我定睛望向雙開門的縫隙，發現外頭明亮的陽光看起來像一道雪白的縱線，但因為門外架著一根門閂，所以在肚臍的高度有一小段中斷。我試過好幾次要取下門閂。我打開倉庫裡的木箱，找尋有無可用的道具，看有沒有又薄又硬，能夠穿過門縫，勾起門閂的東西，但始終遍尋不著。

我啃咬木箱表面，取得前端箭頭狀的尖銳木片。再用門牙咬，以指甲替它塑形，試著插進門縫裡，但還沒抵到門閂，它就因為不夠薄而卡住。儘管如此，我仍極力將它往內鑽，最後就此折斷。

既然這樣，改用線如何？我脫下衣服，從破損處拉出細細的絲線，取得了線。如果直接使用，恐怕會馬上斷裂，於是我用好幾根編成一條堅韌的線。我將它插進門縫裡，以前端扁平的木片往外推，讓它垂向外頭。線的前端垂向門閂外側，可以看見它正隨風擺動。到目前為止進行得很順利，只要想辦法讓它再次穿過縫隙回到裡面就行了。我要努力讓線繞門閂一圈，回到倉庫裡。接下來只要在倉庫裡牢牢抓住線的兩端往上抬，或許就能從扣環上取下門閂。

然而，要再次將垂在門外的線拉回倉庫內並不容易。隨風擺蕩的線頭，要是能用筷子之類的東西夾住往內拉就好了，但偏偏我手上沒有可以穿過門縫的扁平筷子。我用線做了個圓圈，不知道能不能用它套住線頭拉回倉庫裡。做成圓圈的細線，只要擺直就能通過縫隙。等穿過縫隙後，再讓它轉為橫向，好套進那垂落的線頭。為了不讓圓圈變形，我用蛆被捏爆後流出的體液抹在上頭，讓它變乾，但進行得沒有想像中順利。隨風搖晃的線頭一直動個不停，套不進去。就算是沒風的日子，在幾乎完全看不到外頭的狀態下，要讓線頭套進圓圈裡，也不是件簡單的事，就像在黑暗中引線穿針一般。但我不能放棄，削鼻平次不在時，我總會把線垂向外頭。我還試著讓做成圓圈的線先在下頭等著，想讓線頭直接掉進裡頭。或許哪天順利成功，我就能逃離這裡了，就是這份期望，讓我能保持頭腦清醒，不至於發瘋。

要是我稍有鬆懈，恐怕便會因恐懼而發狂。倉庫裡滿是我製造的屎尿臭味，連呼吸都有困難。一整天都無比悶熱，大量的蛆在牆上爬行，像雨滴般從天花板掉落。

某天，外頭傳來孩童的聲音。我附耳靠向門縫，豎耳細聽。好像是幾名孩童在寺院內玩捉迷藏。不久，有個腳步聲來到倉庫旁。

「救、救命啊……！」

我忍不住出聲叫喚。腳步聲就此停下，傳來少年的聲音。

「咦？誰啊？」

「我在這裡。在倉庫裡。我被關在裡頭。」

我一面說，一面因惡臭而咳嗽。感覺得出那孩子正朝倉庫走近。

「你在這裡面嗎？感覺好臭啊。」

「拜託你，幫我打開門閂。動作要快，趁和尚來之前。」

「你為什麼會被關在這裡？」

「那個和尚是個壞蛋。你見過他了嗎？」

我隔著門和孩子交談。這孩子的聲音聽起來很機伶。雖然不知道是何長相，但他一站在門前，穿過門縫照進倉庫內的陽光馬上被他擋住。

「你是說那位新來的和尚嗎？我很喜歡他耶。因為他會陪我玩，還會削木頭，做各種玩具給我。」

「他是殺人犯。你快去跟大人們說這件事，不，你只要先替我打開門閂就行了。拜託你，我求求你。」

但我的願望未能實現。因為那孩子突然悶哼一聲，再也無法說話。

我聽見拖行物體的聲音。現場沉寂了好一會兒，接著傳來削鼻平次的聲音。

「真可憐，因為你主動和他搭話，害死了一個原本可以活命的孩子。」

其他孩子們一直在找尋那名玩捉迷藏而消失無蹤的孩子，叫喚聲一直持續到天黑。待天色變暗後，大人們叫喚著孩子的名字，在這一帶四處搜尋。削鼻平次也和眾人一起走在寺院四周。

隔天早上，削鼻平次來到倉庫前對我說：

「好像找到那名孩子的屍體了。聽說他的臉被野狗啃食得無法辨識，不過，有件事我只跟你一個人說。吃掉他臉的，其實不是野狗，是我刻意把他臉上的肉咬下。因為我要是不這麼做，他鼻子被削掉的痕跡就會變得很明顯。」

我張口狂嘔。因為恐懼和懊悔，我差點放聲悲鳴，但在吸氣的瞬間，我馬上被屎尿的腐臭味嗆著。

「待會兒我得去為他誦經才行。在眾人面前誦經，這還是第一次。我是假和尚的事要是穿幫，就非得馬上逃亡不可。不過在那之前，我會先回到這裡殺了你。說來還真是諷刺。殺人的我，竟然要為被我殺害的孩子誦經。」

假和尚在門外愉快地大笑。

雖然不清楚這座寺院是屬於那個宗派，不過削鼻平次從住持的房間裡發現五本經書，各自抄寫了不同內容的經文。我唸了其中一本的開頭後，發現似曾聽過。那確實是僧侶們常誦唸的經文。削鼻平次已經可以背誦部分經文，但他應該是不了解內容。那麼多經文，要如何區分使用，完全沒有相關的說明，只有向具備這方面知識的人請教才會明白。

那名喪命的孩童，是在玩捉迷藏時誤闖寺院後山，不小心滑落斜坡，扭斷了頸骨。在守靈的法會上，人稱和尚的削鼻平次，在死者面前煞有其事地誦唸他剛背會的經文。雖然他不懂細部的儀式規矩，但他一直誦經到最後，沒被人看出破綻，也沒人懷疑，就這樣擺出和尚的架式，雙手合十，完成了守靈儀式。

沒人聽出經文的差異，向他抱怨這和以往的儀式做法不同。這樣的結果對眾人都好。要是他假冒和尚的事穿幫，他恐怕會將在場所有人全部殺了滅口。

「他們今晚好像打算徹夜陪在那名喪命的孩子身邊，聽說是這地方的風俗習慣。我完全不知道有這種規矩。好像明天就會入殮，到時候我也得到場。每次只要有人死，和尚就有得忙。」

削鼻平次直到傍晚才返回。倉庫裡一直都處在黑暗中，不分晝夜，不過可以從門縫看出外頭的亮光。門外傳來削鼻平次的聲音，聽起來心情不錯。

「接受眾人的感謝，感覺真不錯。我只是替他們誦經，他們就開心得不得了，還直向我感謝呢。為了替大家誦經，就算得再殺個人也無所謂。對了，有件事要麻煩你。」

門外似乎擺了一盞座燈，從門縫可以看到外頭閃動的火光。黑暗、蛆、惡臭，已和我同化，只要我一鬆懈，連自己是人這件事都有可能忘卻，但我僅存的些許理性，仍驅策我聆聽削鼻平次說的話。

「守靈時我假冒和尚，明白了一件事，那就是我完全不懂喪禮的規矩。我說自己新來乍到，佯裝不懂，才得以度過今天的難關。不過當地的老人倒是透露了一個訊息。之前的住持好像針對儀式規矩留下了一份備忘錄，關於出棺的步驟、規矩，以及禁忌，全都寫在上頭。我馬上在房間裡翻找，結果找到了幾張類似的紙。我想趁今晚讓你唸給我聽，我直接記在腦中。」

為了繼續假冒和尚，他必須先記住這些事。紙張馬上便塞進了門縫，遮住了從外面照進裡頭的微弱燈光，紙上以秀麗的字跡記錄了喪禮的儀式規矩。

這時我腦中浮現一個好點子，我決定賭一把。

四

我把蛆掃走，細看那份備忘錄。上面提到，在入殮前要先清洗淨身。肉體清潔後，再穿上白布縫製成的內襯衣。棺木裡放入裝有白米的白布袋和草鞋。抬棺出家門時，不走平時的出入口，而是以竹子和蘆葦搭個臨時門，從那裡離開。在門前生火，稱此為門火。這是不讓死者再次返回家中的一種咒術，而送葬的隊伍返回時，走的是和去時完全不同的路，也是基於同樣的道理。棺木抵達墓地後，先讓棺木逆時鐘繞三圈，讓死者頭朝北方，埋進墓穴。繼喪主之後，與會者按照與死者的血緣關係深淺，依序覆土。

「之前我對喪禮的步驟完全不感興趣，不過，怎麼會有這種事，這不就和我殺了人之後，削掉對方鼻子一樣嗎？因為害怕死人又會爬起來。或許我是以自己的方式自創規矩，以此求得心安。喂，把紙還我。」

我從門縫遞出紙。削鼻平次從外頭拉出紙張，感覺他正在看上頭的字。應該是以聽到的內容對照文字，他已能看懂幾個頻頻出現的簡單語句。過了一會兒，又送進同樣的備忘錄。

「你再唸一次，然後換下一張。住持留下的備忘錄還很多呢。不過，背東西還真是有趣。要是我學會這些規矩，舉手投足都像和尚的話，大家或許就會接納我了。只要官差不來，我也許就能在這裡過祥和的日子。要是能這樣就好了，能在固定的地方過日子，簡直就像作夢一樣。」

我一時懷疑起自己的耳朵。像你這樣的怪物，怎麼可能會被接納？你要過祥和的日子，光想就教人渾身發毛。你殺了別人的孩子，然後還若無其事地在悲傷落淚的父母面前假冒和尚，再也沒有人比你更適合讓地獄業火活活燒死了。但怯懦的我不敢說出這樣的心裡話，只能趴在地上，照他的吩咐唸出備忘錄。

削鼻平次準備的座燈，就擺在門外的地面。為了盡可能將紙張湊向從門縫照進的亮光，我非得蹲著唸不可。

削鼻平次發現的紙張當中，有的和喪禮完全無關。除了那部分之外，他一晚背了十幾張備忘錄。我被迫每一張唸上好幾回，紙片在門縫間多次進出。我因為極度飢餓，再加上惡臭，身體狀況不佳，所以在唸的時候，隨時都幾欲昏厥。等到黎明將至，削鼻平次這才心滿意足地結束背誦。應該是出棺儀式在即，他心裡擔心，為了好好睡一覺，削鼻平次回他床上去了。連座燈也一併帶走，四周化為一片漆黑。

我屏息等候早晨到來。天空逐漸轉為明亮，雙開門的縫隙化為一道纖細的縱線，浮現在黑暗中。朝陽射來，將垂落的細線照得熠熠生輝。

從我衣服破損處拉出，宛如蜘蛛絲般的細線，已在倉庫外的門閂上繞了一圈，線的兩端都在倉庫內。我小心翼翼地握緊細線，淚水奪眶而出。

只有一條線成功。雖然我暗中多次設下機關，但順利送回倉庫內的細線還是只有一條。當時我判斷，如果是在座燈微弱的燈光下，或許男子也不會察覺，因而放手一搏。當他塞備忘錄的紙片進來時，我一面唸上面的文字，一面用指甲在紙張角落不顯眼的位置撕出一道縫。然後讓細線勾在上頭，將紙片往倉庫外送。如果是按照他平時的背誦法，同一張紙片應該會多次來回於倉庫間，我對此抱持期待，果然如我所料。削鼻平次在沒注意到細線的情況下，將紙片又塞回倉庫裡，這時細線也附在紙張上被送了回來。

我蹲著從門縫處遞出紙張。這時，線會從低於門閂的位置穿出門縫。而接過紙張的削鼻平次則是站著看上頭的字，接著從高於門閂的位置塞進門縫。最後細線就這樣繞了門閂一圈，勾住了門閂。

再來只要利用這條線將門閂從扣環上取下即可。我無比心急，很想馬上動手，但我得等削鼻平次離開寺院後再說。這時絕不能發出聲音被他發現，而且在那之前，我也得先做好準備才行。

我勾在紙張上的，是剛從衣服上拔出，可以混在黑暗中不被察覺的一根極細的線。但光靠這根線，應該抬不起門閂。它肯定會承受不了重量，就此斷裂。因此我需要更堅韌的線。我無視於在指縫間爬行的蛆，迅速從衣服上拔出好幾根線，將它們編在一起。

到了早餐時間，削鼻平次將蔬菜切片和溼手巾塞進門縫內。我很擔心勾在門閂上的線會被他發現，一面從倉庫內拉緊那條極細的線，一面將早餐送入口中。削鼻平次似乎為了準備接下來即將舉行的喪禮，有點心神不寧，最後就此離去，沒發現那條細線的存在。不久，我感覺到他已出門，寺內變得一片悄靜。

是時候了。我開始展開逃脫倉庫的行動。勾住門閂的細線，一端與剛才我編好的粗線綁在一起。我從另一頭拉，那條粗線就往外送，取代先前的線細繞了門閂一圈，回到倉庫內。不過，雖說這是由數條細線編成，但終究還是線。我將衣帶綁住這條線的末端。這是一條模樣窮酸的廉價衣帶，所以質地薄，似乎能通過門縫。如果是剛才編好的粗線，應該撐得住衣帶的重量，不會斷裂。我往線的另一頭拉，衣帶順利地滑出門外，朝門閂繞了一圈，又回到倉庫裡。

我在內門扭轉衣帶，微微將門閂纏緊。只要順著門縫將門閂緩緩往上抬就行了。我屏住氣，朝雙手使勁。

感覺門閂慢慢往上抬。成功了。但就在我確定奏效的瞬間，門閂突然停住不動。

我使足了勁，衣帶幾乎都快扯斷了。我想繼續往上抬，但不管我再怎麼嘗試，門閂始終無法往上移動分毫。就在即將脫離扣環時，門閂撞到某個東西，就此被壓制住。

我踩著腳下的蛆，使出剩餘的所有力氣，將衣帶往上抬。我花了將近半天的時間，但始終徒勞無功。不久，發出啪嚓一聲。那不是衣帶承受不住所發出的斷裂聲響，而是我心中極力保持的理智斷裂的聲音。

外頭傳來蟲鳴聲，已是傍晚時分。削鼻平次回來了。感覺有人站在門外，纏在門閂上的衣帶似乎已被發現。傳來說話聲。你想逃走是吧？真是遺憾啊。我用釘子釘死了，好讓門閂無法取下。

我一直躺著，沒出聲。這傢伙的說話聲，和物體發出的聲響一樣，雖然傳進耳裡，但不帶有任何含意。我明白自己正逐漸離開這個活人的世界。

不過，真他媽的不痛快。我聽到背後有人發出暗啐聲。喪禮進行得很順利，誦經我也做得有模有樣。但他們竟然還向我發牢騷。說什麼入殮時動作太粗魯，還說我推了摸我頭的小孩一把，對此覺得很不滿。我扯開嗓門，朝他們吼了幾句，他們馬上便安靜下來，改以冷漠的眼神望著我。並對我說，之前的和尚待人都很親切，之前的和尚什麼時候才會回來。感覺我一點都不受歡迎。看來，我在這裡一樣吃不開。我就沒辦法和大家一樣過平常的生活嗎？喂，你有沒有在聽？

我躺在瀰漫惡臭的黑暗中，徘徊在分不清夢與現實的交界處。此時我的心境，就像浮蕩在水中一般。

你要是不回答的話，我就不給你食物和水哦。

像米粒般的蛆覆滿我全身，牠們想朝我皮膚鑽孔，好進入我體內。我就快腐爛了，到時候，你們就儘管大快朵頤吧。

我逐漸聽不到聲音，彷彿到了另一個地方。我不予理會，就此沉沉睡著。不知道已過了多少時日，不管白天還是黑夜，我始終都躺著，腦中沒有任何話語。雖然蔬菜切片和溼手巾已不再塞進門縫裡，但我並不會感到難過。

黑暗中，我看到一個像神佛的人影。起初他站在遠處，但後來逐漸走近。雖然看得出輪廓，但完全看不出五官。我就快要跟這個人前往另一個世界了，我只要靜靜等候那一刻到來即可。我闔上眼，一股不可思議的平靜感包覆我全身。我躺在一個巨大的手掌上，就像被它輕輕握住般，只感覺到一股安心感。

但這時倉庫門突然發出聲響。一陣刺耳的嘎吱聲，讓人聯想到釘子被拔除的模樣，接著傳來削鼻平次的聲音。

媽的，真慘……

那站在黑暗中的神佛就此消失。令人皺眉的惡臭、爬滿我全身，不住攢動的蛆所帶來的重量、因飢餓所帶來的倦怠感，又重新回到我身上。我睜著眼躺在地上，所以眼前發生的事我全程目睹，但我內心有一半已死，感覺就像遠處發生的事。

門閂被取下，倉庫門打開。外頭一片黑暗，座燈擱在地上，在燈光的照耀下，站著一名男子。是身穿作務衣的削鼻平次。他蹙起眉頭道「怎麼會這麼臭」，接著他低頭望著我說「果然是死了」。

儘管全身爬滿了蛆，我仍舊躺著不動，雖然睜著眼睛，但這樣反而被誤會成已經斷氣。削鼻平次從懷中取出小刀。哦，原來如此——我腦中頓時明白。以他的個性，非得將他殺害的對象鼻子割下不可，所以才會特地進來要割下我的鼻子。

外頭一陣風吹來。這道清淨的風，令我恢復清醒。

此刻倉庫內外完全相連。我先前無比渴望的外頭世界，此時就在我面前。我意志消沉的內心再度被喚醒。削鼻平次滿心以為我已經死了，他現在一定很鬆懈，但我的身體動得了嗎？我在近乎死亡的狀態下，長時間躺著。因為粒米未進，完全使不出力，而且對方還手持利刃。如果我動手反擊，也許會沒命。但現在哪管得了這麼多，如果不動手，結果一樣是死。

緊黏在我臉上的蛆，在我的口鼻爬進爬出。甚至在我睜開的眼球表面爬行。儘管如此，我還是靜止不動。削鼻平次握著小刀走進倉庫，他因為我屎尿的腐臭味而一陣狂咳，接著朝我走近，蹲下身，一把揪住我的頭髮。我眼前出現一張臉，他的雙眼緊盯著我鼻子，似乎正盤算著該從哪個位置下手。座燈的亮光讓他脖子上的胎記浮現在黑暗中。

我開始有動作。與其說是我思考後展開的行動，不如說是想活下去的意志驅策著我。

鮮血在我口中擴散開來。那不是我的血，而是削鼻平次流的血。隨後傳來他可怕的聲音，他的小刀揮落，刺進我肩膀。我完全感受不到疼痛，我緊咬著他的臉，下巴的關節發出嘎吱聲，上下排門牙已咬至軟骨。我被削鼻平次踢飛，跌落地上。我吐出口中的肉片，一塊沾滿血的鼻頭，滾至成群的白色蛆當中。

削鼻平次緊按著臉，發出低吼，但他因為地上成群的蛆而踩滑，倒臥在堆疊的木箱中。就趁現在！我連滾帶爬地來到門外，雙腳不聽使喚，我以匍匐的姿勢移動。

身體來到倉庫外後，全身籠罩在清淨的涼風下。但我要是就這樣逃走，一定會被他追上。那根掉在地上的門閂就在我眼前。我使足了勁伸長手，想將倉庫的雙開門關上。先關上一邊，接著關上另一邊。當我關上雙開門時，我看見削鼻平次爬起身。我抬起門閂，卡在扣環上。終於趕上了。之後從門內傳來強烈的撞擊。削鼻平次和我身分互換，現在換他被關在裡頭了。

這麼一來就放心了。我鬆了口氣。傳來像熊在吼叫般的駭人聲音。削鼻平次在倉庫內一再地衝撞那扇門，門板和門鉸鍊文風不動，但門閂卻發出陣陣嘎吱聲。應該不可能吧。他有可能從中逃脫嗎？有可能靠蠻力撞破那扇門嗎？真是這樣的話，我就完蛋了。我已耗盡所有精力，甚至無法遠離現場，摸黑逃進森林。我已連逃離的力氣都不剩了，激烈的衝撞和震耳欲聾的咆哮不斷傳來。門閂受到擠壓，最後終於出現裂痕，再經過數次撞擊後，伴隨著像雷聲般的轟然巨響，碎片四散，門閂就此斷折。

門被撞開了。削鼻平次喘息不止，低頭俯視著我。他的臉部中央嚴重出血，嘴巴、喉嚨、胸前全染成一片赤紅。他並非失去整個鼻子，鼻子的底部仍在。他因憤怒而雙眼充血。

我因極度恐懼而在無意識下誦起經來，所有會背的經文全部脫口而出，然後隨手拿到東西就丟。這是雙腳無法行動的我所能做的最大抵抗。此時在我身旁的，是削鼻平次準備的那盞座燈。它在裝油盤點著火的狀態下往前飛出，不過削鼻平次輕輕鬆鬆地避開。響起東西滾進倉庫裡的聲響。這時，不可思議的事發生了，火焰竟然意想不到地冒出驚人的火勢。

日後我的旅行同伴告訴我，當屎尿任憑酸腐，有時會冒出易燃的臭氣。也許那倉庫裡盈滿了易燃的臭氣，如果朝木箱裡的臭氣點火，瞬間便會引燃大火。

倉庫裡揚起的烈焰，從背後襲向站在門口的削鼻平次，他瞬間全身被紅色的火光所吞沒。削鼻平次就此活生生地化為一顆火球。他倒臥地上，手臂和臉全都著火，那痛苦的雙眼朝向我。我因為躺在地上，這才免遭火噬。削鼻平次在烈火的燒灼下，仍伸長手臂，想朝我靠近。像在爬行般，步步逼近，或許是想拉我一起赴黃泉吧。

倉庫裡無數的蛆都被燒死。火粉飛散，落向我們兩人身上。我發出窩囊的嗚咽，往反方向爬去。我感覺他彷彿隨時都會從後方一把抓住我的腳，但我回頭一看，削鼻平次就這樣維持朝我伸長手的姿態，俯臥地上一動也不動。

倉庫的火焰最後沒往寺院延燒，就此平息。朝陽照向那具現在仍悶燒冒煙的焦黑屍體。一名附近的住戶前來寺院時發現了我，向我詢問整個事情的經過。遭殺害的住持屍體，後來由官差們動手掘出，眾人這才明白我所言不虛。一名好心的官差收留我到他家中暫住，還讓我睡在被褥裡，但一連數日，蛆都不斷從我頭髮冒出。

以上就是整件事的始末。

和泉蠟庵和輪不知是從哪兒聽聞消息，趕來與我重逢，我哭著道出自己先前的遭遇。而他們兩人與我走散後，雖然繼續迷路，但最後還是抵達了目的地。

和泉蠟庵為我帶了個伴手禮，聽說是他在旅途中的客棧得到的醃肉。它醃在壺裡，擺在客棧的壁櫥深處。裡頭醃的是白色的肉，與豬皮很相似，但不清楚那究竟是什麼肉。他也問過客棧老闆，但對方似乎也不清楚，猜是客人忘了帶走。客棧老闆吃了一口裡頭的肉，覺得很適合當下酒菜。向來喜歡在旅途中品嘗珍饈的和泉蠟庵就此決定買下當作送我的禮物，他還說，接下來打算大家一起合吃，於是我向他提出忠告，建議他還是別吃為妙。

河童村

我一直覺得肩膀不適，在旅途中也一直惦記著此事。

「很久以前我曾經脫臼。之後要是碰撞，或是手臂遭人用力一扭，手臂就會脫臼。」

「咦，那不就跟河童一樣。」

「河童？」

「你不知道嗎？河童的手臂只要遭人一拉扯，就會脫落。」

「妳還是一樣博學呢。」

「耳彥先生，是你太孤陋寡聞了。聽說河童的左右手在體內相連，一方受拉扯，另一方就會往內縮，然後就會被拔出來。」

這傢伙總愛賣弄博學，令我很不是滋味。輪走在吊橋上，得意洋洋地賣弄她的知識。橋下就是懸崖，但這女孩卻不顯一絲怯色。吊橋的繩索發出陣陣嘎吱聲響，從往下彎曲、彷彿隨時都可能斷裂的木板縫隙間，可以望見崖下的溪流。

「前方好像有村落，我們去看看吧。」

和泉蠟庵道。他的長髮束於腦後，有著一張像女人般的臉蛋，但他是貨真價實的男人。輪跑了過來。

「希望這次會是個像樣的村莊。像之前那種村莊，實在是敬謝不敏。」

「之前那種？」

「村民不是推薦我們吃摻有毛毛蟲的飯嗎？」

「那很可口呢。在那個村子，那算是很普通的事。」

和泉蠟庵是位旅遊書作家。四處造訪名勝古蹟，將所見所聞編寫成書，從出版社那裡領取酬勞。旅遊經費由出版商支付，不過負責掌管荷包的輪，向來都不准我們浪費。輪是出版商派來陪同和泉蠟庵的人，隨著我們一同旅行，監視我們有沒有偷懶。附帶一提，我是負責背行李的苦力，在三人當中身分最卑微。

這條路沿著山崖蜿蜒而行，四周綠意盎然，似乎有許多條河流在此交錯，我們走過各種大大小小的橋。

途中遇見旅人。我們問他怎樣前往村莊，他卻說出一番奇怪的話來。

「你們也是來看那個東西對吧。我也是聽聞傳說而來到這處窮鄉僻壤。那東西確實很奇妙，既可怕，又可愛。」

「你說的那東西到底是什麼？」

和泉蠟庵向旅人詢問。

「就河童啊。大家都是聽聞河童的傳聞而前往那座村莊。」

溪流發出潺潺水聲，激起水花。

「關於詳細情形，只要到村裡就會明白。」

旅人如此說道，轉身離去。

我們走在山林間。到處都看不到開闊的場所，陡峭的懸崖一路彎曲綿延，道路沿著蛇行的溪流而行。輪對橋的建造似乎也知之甚詳，每次一看到橋，便會跟和泉蠟庵說「它的強度不夠」，或是「這蓋得相當牢靠」。

「蠟庵老師，所謂的河童到底是什麼？輪，我沒問妳，妳別插嘴。」

「什麼嘛，真教人生氣。」

我假裝沒聽到這女孩的牢騷。和泉蠟庵道：

「所謂的河童，算是一種怪物。主要發現於水邊，身長如孩童，有的青色，有的紅色，但不確定是否真實存在。」

「牠們頭上頂著盤子對吧？」

「也有人說背上背著龜殼。聽說會把人拖進水中，拔掉人們的屁眼球，害人性命。」

「屁眼球是吧。那是什麼啊？」

「要是它被拔掉，屁眼就會鬆弛無力，開出一個大洞來。」

「到時候會臭屁放個不停對吧？」

輪白了我一眼。

「耳彥先生，也許你就是被拔掉了屁眼球，因為你不是都放屁不看場合嗎？」

我們邊走邊拌嘴，隨後抵達村莊。那是兩側被山崖包夾，宛如谿谷的一處場所，地形起起伏伏。包夾村莊的山崖間，有吊橋交錯其間。有多條小河流經谷底，還看到多座水車小屋。幾名旅人打扮的人穿梭其間，應該是前來看河童的觀光客吧。還有一長排的禮品店和糰子店，我探頭一看，他們賣的是名為「河童屁眼球」的糰子，這名字實在很難引人食欲。

「這裡好像就是河童村了。」

和泉蠟庵回答道：

「這能在旅遊書中做介紹，正剛好。我們就來調查一下河童吧。」

二

「來來來，到這邊來。想看河童的人，請到這邊來。」

有位村民向觀光客吆喝，為眾人引路。是位留著像鯰魚般的鬍鬚，身材微胖的男子，愈看愈像鯰魚。據他所言，只有某些地方能看到河童。我們和其他觀光客一起跟在男子身後。

他帶我們離開那一長排禮品店，走了一段路。我們穿過獸徑，行經河橋，走進叢林中。一路撥開樹枝和藤蔓，來到一處可以俯視河流的岩石上。

「這裡是河童的遊樂場所。請千萬別讓牠們發現。」

樹木的枝葉交錯遮蔽了天空。因為這個緣故，四周光線昏暗。我們在岩石上排成一列往下望，極力不發出聲響。岩石底下有一處谷底水流停滯不動的場所，只有那裡水勢和緩而平靜。由於光線昏暗，水面浮著大量落葉，因此看不見河底。

「請不要往前靠，被發現可不妙啊。」

那位留著鯰魚鬚的帶路人如此說道，見有個孩子想朝水面丟石頭，馬上朝他頭上用力一拍。連同我們在內，約莫有十名觀光客。有一臉半信半疑的老翁，也有眼中閃著光輝，緊盯著河流瞧的女孩。

和泉蠟庵向鯰魚鬚的帶路人搭話，詢問這座村莊最值得向人推薦的料理和伴手禮為何。聽男子說，有種名為「河童蹼」的麵疙瘩相當可口。

「裡頭真的有河童蹼嗎？」

「怎麼可能嘛。裡頭加的是以揉好的麵粉擀成的薄皮，看起來就像燉煮過的足蹼。這是村民們絞盡腦汁想出的做法。」
「看起來水嫩水嫩的。」
「真是謝謝您。」
河童一直都沒出現。賣伴手禮的小販從村莊走來，向覺得無聊的觀光客兜售。我買了名叫「河童盤子」的煎餅，酥脆的餅皮在口中一咬就碎，相當好吃。
因為閒來無事，我決定逗逗輪。
「要是河童出現，我抓住牠，拉牠手臂。如果拉不出來，就代表妳鬼扯。到時候妳得向我磕頭謝罪。」
「好啊。話說回來，我認為根本就沒有河童的存在。」
輪一臉無趣地說道。
「妳在前來這座村莊的路上，不是一直在聊河童的事嗎？」
「那只能算是傳聞。是否真有其事，那可就另當別論了。應該是不存在吧。如果河童沒出現，就不必磕頭謝罪了，對嗎？」
「如果河童出現，到時候妳可得記得這件事啊。」
我瞪著這名老愛賣弄博學的女孩。既然這樣，我希望河童能真的出現。到時候這傢伙不知道會作何表情。

「真期望能見到妳哭喪臉的模樣。」

「不過，為什麼我非得向你磕頭謝罪不可？」

「妳不是老用睥睨的眼神看我嗎？我要妳為此道歉。」

「那是因為你總是想偷我的錢包。」

「不就只有一次而已嗎？真是小鼻子小眼睛。」

「算了，不跟你計較。對了，你為什麼打從剛才起，就一直按著臀部？」

「這還用說，當然是為了防止屁眼球被拔走啊。也許河童的動作飛快，在遭到襲擊前，我先按住，做好事前防護。」

「真是傻得可以。」

「有什麼好笑的。」

「我們的身體根本就沒有屁眼球這種部位。」

「可是，河童不是會拔人屁眼球嗎？」

「那是迷信。」

我央求和泉蠟庵評理。

「蠟庵老師，你聽聽看。她竟然說沒有屁眼球這種部位。」

但和泉蠟庵並未做出我所期望的回答。

「河童拔人屁眼球，讓人溺斃，純粹只是傳說。溺死者的肛門會鬆弛擴張，看起來就像有顆球被拔掉，這與河童無關。或許是人們看了這種情景，才開始謠傳河童會拔人屁眼球，害人溺斃。」

「河童不過是大人們為了不讓孩子靠近危險的水邊，所虛構出的故事罷了。」輪得意洋洋地說道。根本就沒有屁眼球這種東西？河童根本就不存在？我緊按著屁股，大為驚訝。

「不過，或許在我們的醫術看不到的地方，有這麼一個部位。在屁股一帶，有個只有河童才能摘取的器官。」

真是那樣就好了——和泉蠟庵臉上的表情如此寫道，低頭俯瞰小河。他似乎對傳言很感興趣。

這時，觀光客開始一陣騷動。我們也停止交談，低頭望向小河的淤水處。波紋在水面擴散開來。由於枝葉遮蔽了光線，看不清楚。那傢伙浮出水面，復又沉下。

「出現了！是河童！」

有人放聲叫喊。

只有驚鴻一瞥瞧見的模樣，顯得怪異極了。全身青色，眼睛細如絲線。臉上有個短短的東西，像是鳥喙。似乎不只一隻，不遠處又出現一隻，在平靜的淤水處激起波紋。才一浮出水面，旋即又一個轉身。雖然不確定能否用龜殼來形容，但牠背後確實有個隆起物。頭髮稀疏，尤其頭頂更是一片光禿。

這兩隻河童就像在互相追逐嬉戲般，激起陣陣波紋，持續了好一段時間。不久，牠們潛進水中，再也沒浮出水面。

我們回到村裡，找尋今晚的落腳處。只找到一家客棧，但好的房間都已有人入住。天花板破洞的三流房間倒是還有，不得已，我們只好將就了。到了晚餐時刻，我們造訪賣湯品的店家，點了「河童蹼」來吃。果然風味絕佳。

「果然有河童！」

我在店裡如此說道，但輪卻顯得很冷淡。

「是嗎？我看倒覺得那像是假的。」

「妳的意思是，那是人偶嘍？可是那既不是布偶，也不是黏土娃娃，那的確是生物的皮膚，也不是人假扮成的河童。難道妳要說，在河童現身前，他們一直躲在水底？說到重點了，如果不是河童，怎麼有辦法呼吸？」

「話是這樣沒錯。蠟庵老師，你怎麼看？」

和泉蠟庵將碗裡的湯喝得一滴不剩後，轉頭望向我們。

「看起來既像真的，又像人偶。如果能再更近一點參觀，應該就能分辨真偽。不過，像這種時候，還是對真相睜隻眼閉隻眼吧。只要以河童村的名義將它寫進旅遊書中就行了。」

「這怎麼行。這樣不就是說謊騙人嗎？」

「有個河童村不是很有趣嗎？真虧他們想得到。」

「蠟庵老師，你順著村民所編造的謊言，樂在其中對吧？但這樣就像是被人耍著玩似的，我覺得很不舒服。」

輪似乎大為不滿，但和泉蠟庵展現出強烈的執筆意願。這個男人在旅途中一遇上怪異的風俗或傳聞，便顯得喜不自勝。他正為取得寫書的題材而暗自歡喜，這次的河童是真是假，他同樣不感興趣。更重要的是，能把它寫進書中給讀者看，那就是他最大的期待。

最後我們還是無法查明河童是否真實存在，就步出店外。入夜後，這座山村的路上還是人來人往。拜河童之賜，到處都熱鬧興盛。

「兩位先回客棧吧，我還想去喝個小酒。」

我決定單獨行動。

「你去喝酒我不攔你，但可別喝得酩酊大醉，丟人現眼哦。」

站在和泉蠟庵身旁的輪，露出受夠了的表情。

「老師，你太客氣了。他是一定會丟人現眼的，因為他可是耳彥先生啊。」

「妳當我是什麼啊。」

本想再多發幾句牢騷，但時間寶貴。我轉身背對他們，開始找尋酒家。除了酒以外，我還有其他目的。我想問村民河童的巢穴在哪兒。河童是在哪裡過著怎樣的生活呢？或許有人知道。如果能逮到河童，輪應該會很懊惱。為了看她哭喪臉的模樣，我鬥志昂揚。換作是平時的我，不是躺在被窩裡醉得不省人事，就是和人擲骰子賭博，除此之外做任何事都提不起勁。

我在村裡四處閒晃。山崖將村莊包夾其中，我從吊橋上俯視底下的人家，發現有一家在門口掛著燈籠的酒家。我來到店門前，往裡頭窺望。一群滿臉通紅的醉客正用木盒喝酒，看起來挺歡樂的。我穿過門簾，點酒來喝。當中有一半客人都是來看河童的觀光客，另一半則是村裡的居民。我朝送來的酒淺啜一口，酒香濃郁，無比暢快。我微感醉意，開始問起關於河童的事。

「這裡是從什麼時候開始因河童而出名的啊？」

某人以含糊不清的口吻回答。

「很久以前就聽說這裡有河童了。像是半夜走在村裡看到河童，或是天亮時走廊上發現像蹼的腳印。不過，直到最近才開始看到河童現身。」

數年前，村裡的孩童發現河童的玩樂處。從那之後，村長之子便與商人朋友策畫，要以河童村的名義，擴大村莊的規模。

「村長之子？」

那名醉得滿臉紅光的村民，以手指從鼻子下到臉頰畫了條線。

「你是指鯰魚鬚嗎？」

「沒錯。」

「就是帶觀光客到河童的玩樂處去的那名男子對吧？」

「我們很感謝他。多虧他，我們才能喝到美酒。不過，也有不好的傳聞。」

他把臉湊向我，呼出濃濃酒氣，對我說出秘密。

「他好像在城鎮上和人肉販子喝酒。聽說是向他們買人，拔下對方的屁眼球，加以蒐集，然後餵給河童吃，以此收服牠們。」

三

我趁著黑夜走過架在溪流上的河橋，接近那棟蓋在山坡上的大宅邸。根據我在酒家聽聞的消息，那裡就是村長家。村長年事已高，總是躺在床上，村裡實際上說話最有力的人，是他的獨生子鯰魚鬚。

要是發現河童，我打算將牠五花大綁，帶到輪的面前。不過，如果鯰魚鬚是用屁眼球來收服河童，那可就好談了。我就拜託他，請河童聽他吩咐行事。不過話說回來，為了拔屁眼球而花錢買人，實在荒唐。雖然聽說那樣的器官根本就不存在，但看來是真有其事。現在光想也沒用，還是當面向他問個清楚比較直截了當。

但當我走近宅邸後，卻開始感到躊躇。夜已深，此刻鯰魚鬚應該也睡了吧。我是否應該等明天再跟他說呢？正當我抬頭望著宅邸猶豫不決時，感覺有人走近。

一盞燈籠亮光從宅邸裡走來。我定睛一看，認出是那位鯰魚鬚。來得正好，我就出聲叫他吧。我心裡這麼想，但覺得他模樣古怪。他鬼鬼祟祟地朝四周打探，看起來不像是悠哉的在夜間散步。我馬上決定躲向暗處。幸好我沒燈籠，這才得以完全融入黑暗中。

男子走在溪流邊的道路上。那是河童玩樂處的方位，我猜他也許是要前往河童的巢穴。我在酒家問過村民河童的巢穴在哪兒，但沒人知道。不過，大家猜測河童的巢穴應該是位於某處，他們是通過地下水路來到那個玩樂處。鯰魚鬚或許知道河童的巢穴。

我尾隨在他身後，溪流聲掩蓋了我的腳步聲。男子的燈籠亮光進入獸徑。多虧與和泉蠟庵四處旅行，我現在只要有星光引路，走路就不會絆倒。男子時而上坡，時而下坡，又來到了溪流邊。那裡有一座小屋。

燈籠的亮光進入小屋。我小心翼翼地靠近，不被他發現，這時傳來說話聲。壁板有一處縫隙。我把臉湊近，想往內窺探，結果一陣可怕的惡臭撲鼻而來，空氣中飄散著一股腐臭。

「這裡還是一樣臭啊。」

「別這麼說嘛。我還要負責照顧他們呢，你也站在我的立場替我想想吧。」

我捏著鼻子從縫隙往內望，看見在小屋裡站著說話的兩人。一位是鯰魚鬚，另一位是頭上綁著頭巾的陌生男子。兩人朝一個高度及腰的大木桶裡窺望。那是足以容納整個人的木桶，仔細一看，同樣的木桶在小屋裡一字排開，足足有十個之多。

他們兩人所窺望的木桶裡，似乎裝滿了水，裡頭好像浸泡了什麼東西。我踮起腳尖，隔著壁板的縫隙，想看看裡頭到底是什麼。

「這個就快完成了。」

「應該再等一陣子比較好吧？等他再膨脹一些，看起來會更像。」

「要是過度膨脹，就很難固定在水中。現在光是要先讓他們沉在水中，不會自己浮出水面，都已經很困難了。」

我終於看到那泡在木桶裡的東西了。我差點叫出聲來，急忙雙手掐住脖子。那東西在木桶裡採蹲坐的姿勢，雖然看不到臉，但看得到泛青的肩膀和背部。我記得這個皮膚。在谷底小河的淤水處，泛起波紋，浮上水面的那個東西。是河童！他們把河童關在木桶裡，但模樣透著古怪。

「再來只要把鳥喙縫上，朝骨頭釘釘子，再綁上繩子，就大功告成了。」
「頭頂也得剃光才行。」
「真麻煩。真正溺死的傢伙，在被河水沖走時，頭會撞向河底，因而頭髮變少。而由於河裡的浮屍都禿著頭，所以誤把他們看作是河童的人，會以為他們是頭上頂著盤子。」
「像這樣在木桶裡製造河童，還比較簡單。」
「今天的河童還能再撐幾天？」
「等到泡爛了，再趁繩子還沒鬆脫前，趕緊換個新的吧。」
這時，從木桶裡的水中咕嚕咕嚕冒出氣泡。
「好臭啊。膨脹的身體發出臭氣了。」
「不過就是要這樣膨脹才好，這樣才像背後背著龜殼。」
我為之顫抖，膝蓋微微打顫。因為我明白泡在木桶裡的東西是什麼。那不是河童，也不是輪說的人偶，而是真正的人。這股臭味肯定是溺死後泡水腫脹的人所散發的腐爛臭味。在旅途中，我曾見過躺在草蓆上，皮膚泛青的溺死鬼，那股臭味一模一樣。他們把人的屍體佯裝成河童。
我得趕快告知和泉蠟庵這件事。正當我把臉移開木板縫隙，準備離去時，猛然感到背後有人。

「你在做什麼?」

他們似乎有其他同夥。一名男子俯視著我。

我被五花大綁,帶進小屋裡。我向他們解釋,說只是想看河童而已,接著這三名男子在小屋角落裡討論起來。我被他們綑綁,裝進木桶裡。鯰魚鬚朝裝我的木桶裡窺望。

「難得你造訪我們村子,卻這樣對待你,真是抱歉。你想見河童嗎?你以為河童真的存在?我也是呢。小時候我見過河童,不過沒人相信我。我在溪流邊一時踩滑,被水沖走,闖入一個奇怪的地方。河川在我們村子邊分成多道支流,那肯定是其中一條。我順著水流沖走時,看到全身青色的河童,牠們在河邊玩相撲。但我就這樣被沖走,待我回過神來時,人已來到下游的村莊。」

我因惡臭而嘔吐。嘔出的東西沒被沖走,而是順著我屈膝蹲著的身體流下,積在木桶底端。我已即將發狂,根本沒有餘力嫌髒。緊緊綑綁我的繩索,將我的身體和手臂全綁在一塊。他們沒有要鬆綁的意思。

「還得再花些時間準備,請你再稍候片刻。剛才你也聽到我說的。就算我說我見過河童,也還是沒人信。我覺得很不甘心,就前往查探河童所在的支流。我沿著溪流,在宛如崖壁般的場所行進,逐一調查每條岔路。當全都調查過一遍時,我已長大成人。河童的所在處，我終究還是沒能找到。於是我開始認為，那是我被河水沖走時所作的夢。當時我對河童相當了解，蒐集了許多關於河童的傳說。不可思議的是，在遙遠的土地，自古也有相關的傳說，指出有模樣類似河童的生物存在。如果這不是傳聞的話，那到底是怎麼一回事呢？如果不是各地都有人見過河童這種生物，這實在說不通。我一直苦思這個問題，結果某天，我腦中突然閃過一個念頭。該不會是人們將溺死而膨脹的屍體誤當成河童吧？河童與溺死的屍體，兩者之間有幾點相通的特徵。例如像青色又像綠色的皮膚。牠們戴在頭上的盤子，是因為頭髮在河底因摩擦而變稀疏的緣故吧。溺死的屍體大多會在水中弓著身子，變成く字型，當屍體以這個姿勢沉入水中時，雙膝和頭頂這三點會先抵向河底，頭頂的頭髮因此磨光。此外，據說河童有三個肛門，也許是因為溺死的屍體因鬆弛而擴張的肛門，看起來就像有三個肛門吧。傳說河童有短短的鳥喙，但那就像屍體的舌頭膨脹，露出嘴巴外一樣。膨脹的身體浮在水邊的模樣，看起來猶如某個背著龜殼的生物在游泳。所以我才會試著向人肉販子買來這些孩童，在木桶裡製造溺死的屍體。」

我在木桶內仰望男子。之前遭殺害，而被改造成河童的那些人，想必也是像這樣仰望他吧。

「那樣看起來真的很像河童呢。於是我為了村子著想，決定製造河童，招攬觀光客。那些以前瞧不起我的傢伙，現在在我面前都抬不起頭來。當然了，這需要費一番工夫。

要是屍體過度膨脹，就算兩個大人合力也無法讓它沉入水中。要等它們適度的膨脹後，再縫上特製的鳥喙，裝扮成河童的模樣。這是因為要等到舌頭膨脹成像鳥喙的樣子，得花很長的時間。裝扮好的河童，我們會事先讓它沉入那個地方。等觀光客到來後，再利用繩索和滑輪讓它浮出水面，便能讓它做出動作，就像游泳一樣。比較麻煩的是，過一段時間就得換另一具河童才行。每隔幾天就得向人肉販子買來孩童，泡進木桶裡。過去我們都是用孩童來製作河童，不過這次你來得正好，用大人的身體來製作河童，應該也是個不錯的嘗試。」

他們似乎已準備妥當。兩名男子靠向木桶，朝我倒水。水嘩啦嘩啦的朝我頭上淋下，和嘔吐物摻雜在一起，逐漸積滿木桶。我即將被製作成河童。

四

倒進桶裡的水，是從外頭的溪流汲取而來。當水淹至胸口時，水桶裡裝的水已經倒光了。我感覺得到男子們正捧著空水桶出外汲水，這些動靜我憑耳朵就聽得出來。我只能看到彎曲環繞的木桶內側，以及低頭看我的鯰魚鬚。

「這也是沒辦法的事，誰叫你看到了呢。你可別怨我啊。」

請饒了我吧，拜託。我一再哀求，喉嚨和嘴脣顫抖，連發聲都有困難。我的啜泣聲在木桶內迴響。我想鬆開纏滿全身的繩索，但它綁得又牢又緊，根本無法掙脫。我在水淹過半身的狀態下抬頭仰望，鯰魚鬚見我那驚恐的模樣，頗為樂在其中。

我懇求他放我一馬。我想對他說，我在這裡的所見所聞，絕不會向任何人提起，我這就離開這個村子，拜託饒我一命吧。但我不斷嗚咽，連話都說不好。男子們從外頭返回，又開始往桶裡倒水。

嘩啦。我抬頭仰望，水就這樣從我臉上潑下。我的口鼻馬上進水，我邊哭邊喘息。男子們見狀哈哈大笑。

嘩啦、嘩啦。水位逐漸攀升，最後終於淹至脖子一帶。下次再倒水進來，我的臉將有一半會沒入水中。我伸長脖子，讓口鼻在水面上呼吸，但這時又傳來嘩啦一聲，又有水倒了進來。

木桶裝滿了水，水直接淹沒我頭頂。我扭動身軀，試著往上浮，但我的頭被一隻強而有力的手一把抓住，強行按入水中。我一面掙扎，一面在心中吶喊。我不要！救命啊，我不想死！

我闔眼暗自祈禱，我想起和泉蠟庵和輪的臉龐。拜託，救我，我不想死。呼吸愈來愈困難。為什麼我會淪落成這樣，我明明就對河童不感興趣啊。

就在這時，可能是因為我卯足全力亂動的關係，肩膀一帶突然感受到一陣衝擊，劇痛傳遍全身。好像脫臼了，我以前曾經肩膀脫臼，後來就很容易脫臼。我感覺到纏在我身上的繩索力道減弱了，拜脫臼之賜，我身上纏繞的繩索出現些許的縫隙。我試著繼續掙扎，結果沒脫臼的那隻手臂從纏住手臂和身軀的繩索中順利抽出，接下來就是拴命拚搏了。

我一把抓住緊按我頭部的那名男子手指，牢牢握住。我已憋氣達到極限，沒空讓我猶豫了。我濺出許多水來，霍然起身，從木桶中一躍而起。男子發出一聲慘叫，因為他被我握住的手指，已嚴重扭曲變形。

我伸手勾住木桶外緣，木桶就此翻倒，裡頭的水灑落一地。我以倒臥在地的姿態，極力掙扎，想掙脫纏住身體的繩索。鯰魚鬚人在小屋內，露出驚詫的神情。

另一名男子則是一臉惡狠狠的表情朝我撲來。他一把揪住我，將我高高地抱起，眼看我又要被裝進空桶裡了。我放聲叫喊，就像被捕上岸的魚一樣，全身死命扭動。

「給我安分點！」

男子咆哮。我伸腳踢中小屋裡的某個木桶，它就此翻倒。裡頭的濁水在小屋裡擴散開來，掉出裡頭青白色的東西。那是孩童溺死後，全身鼓脹的屍體，連屍體是男是女都無從分辨。抱著我的男子，不小心誤踩屍體的腹部。那泡得發軟的肚皮噗的一聲，擠出臭氣來，就此被踩扁，男子因而腳下一滑，跌倒在地。頭部重重撞向地面，沒再起身。

我從他手中重獲自由，一面解開繩索，一面站起身。鯰魚鬚發出一聲怪叫，想朝我撲來。我陸續將擋在我和他之間的木桶推倒，不讓他靠近。

那些溺死而膨脹的孩童屍體，一再地掉出木桶外，橫陳地面。當中有些膨脹過度，已看不出原形。臉部嚴重腫脹，眼珠外凸。膨脹處內部囤積的臭氣，通過他們的喉嚨往外洩時，活像是屍體發出聲音，也像來路不明的生物所發出的叫聲，這或許也是溺死的屍體被誤認成是河童的原因吧。

已沒有木桶可推倒後，我朝小屋門口直衝而去。我撞破拉門，衝出屋外。清淨的風包覆我全身，替我除卻纏滿我身的腐臭。東方的天空已漸露魚肚白，群山的山脊線開始浮現橙色，現在已是清晨。

我一隻手垂落，往前發足飛奔。現在沒有閒工夫把骨頭接回去了。鯰魚鬚從小屋裡衝出，從後方直追而來。我在溪流沿途的岩地上逃命，因為有傷在身，無法行動自如地奔跑，眼看就快被追上了。

「休想逃！你這傢伙！」

鯰魚鬚追上了我，一把揪住我衣服下襬。他以手臂勾住我脖子，想從後方架住我。我嚇得腦袋幾欲爆裂，我死也不要再被帶回那座小屋。溪流發出隆隆聲響，我下定決心，投身河中。鯰魚鬚也跟著一起頭下腳上的跌落河裡，被河流所吞沒。

咕嚕咕嚕、咕嚕咕嚕。

儘管口中不斷冒出氣泡，但男子在水中仍緊抓著我不放。要是他看出我肩膀上的弱點，一定會不斷攻擊我那處要害。我極力想掙脫，但他就是緊抓著我的衣服不放。我們兩人在水流中載浮載沉，撞向岩石，還一頭撞中漂流木。不久，在一處似曾見過的場所，水流減弱。那是人稱河童的玩樂處，溪流的淤水處。可能是一早到這裡散步，岩地上有數名村民和觀光客指著即將溺斃的我和鯰魚鬚。而更令人在意的東西，是從他們所在的位置看不到的一個木製機關。一個由繩索和滑輪組成的機關，就設在岩地後方的暗處。他們應該就是藉由這個機關，讓偽裝成是河童的屍體浮出水面，做出像游泳般的動作。

「救、救、救命……」

我努力想出聲向岩地上的人們叫喚，但鯰魚鬚用手勾住我脖子，將我拖入水中。正當我們扭打糾纏之際，已流過那處淤水處。

我們滑落一處窄細的支流，在河底磨得全身是傷，然後從宛如瀑布般的河流落差處墜落。雖然有多處分歧，但我們無從選擇，只能隨波逐流。不久，眼前的景致逐漸改變。

我們穿過一處草木交錯成隧道般的細長支流，散發微光的朝霧開始瀰漫四周。此地長滿奇形怪狀的樹木，發光的飛蟲成群從頭頂飛過，從未見過的巨鳥在樹林上方飛翔。

驚訝地四處張望的並非只有我，鯰魚鬚也停止攻擊我，深深被眼前的景象所吸引。

來到一處淺灘處，我們被沖向岸上。我躺在地上，臉頰貼向地上的泥濘。我筋疲力竭，連起身的力氣也沒有，但鯰魚鬚似乎還保有力氣。他一臉茫然地站起身，任憑身上的水珠滴落，雙眼凝視著對岸。

傳來嘎、嘎的尖銳叫聲。

我躺在地上，順著他的視線望去。

在朝霧前方的對岸岩地上，有像孩童般大小的黑影在走動，牠們在岩石間跳躍前進。這是在作夢嗎？一陣風吹來，朝霧變淡，牠們的身影變得清晰。

牠們有的是光滑的青白色肌膚，有的是微微泛紅的肌膚。頭頂全都一片光禿，嘴巴突尖，模樣像鳥。斜坡處有一座洞窟，牠們在那一帶玩相撲。

「哈哈、哈哈哈。」

鯰魚鬚笑容滿面。他撥開淺灘的河水，往對岸而去。

牠們偏著頭，口中發出嘎嘎的聲音，聚向鯰魚鬚身旁。

牠們以完全沒眼白的黑眼珠抬頭望著他，伸出帶蹼的手，拉扯他的手。牠們指著洞窟，就像在說「我們去那裡玩吧」。

嘎、嘎。

牠們其中一人注意到我。我因為感到害怕，決定逃離。我在淺灘上爬行，讓身子滑入流水中。慶幸的是，牠們並未追來。

我再次載浮載沉，從那奇異的景致中漂流而過。不久，我一頭撞向岩石，就此昏厥，再來就只剩無盡的黑暗。

似乎是一名在下游的村莊洗衣的女子發現了我。她看到漂浮在河面上的我，一時還以為是浮屍，急忙喚來村裡的眾人。當人們將我撈上岸，讓我躺在草蓆上，正打算請和尚替我誦經超渡時，這才發現我一息尚存。

當我在村裡療養時，有人到村裡見我。是和泉蠟庵和輪，他們兩人聽聞我的事，急忙趕來。

「你也真是的，你到底做了什麼啊？」

見我無法起身，輪嘆了口氣。

和泉蠟庵在一旁吃著名為「河童屁眼球」的糰子。

「這東西很好吃呢。是很適合取名為屁眼球的糰子，不過，應該會有好一陣子沒辦法做了。在你失蹤的這段時間，那個村莊起了不小的騷動。輪和我實地調查了河童的真偽，雖然我不想這麼做，但拗不過輪的堅持。」

「那個人稱河童玩樂處的地方，有屍體沉在水中，似乎是用它來冒充河童。」一輪得意洋洋地道出事件的真相。我哭著說，我知道，我全都知道。

待我能行動後，我們再次踏上旅途。在抵達溫泉目的地的這段時間裡，不知又迷路了幾回。和泉蠟庵這個人實在是無藥可救的路癡，就算目的地近在眼前，他還是有辦法下一步就迷路。拜他所賜，這次的旅行也多花了許多時間。天數延長，旅行的花費也隨之增多。最後，負責出旅費的出版商夥計──輪，也因此板起了臉孔。

回程我們順道繞往河童村。我在那裡沒留下什麼美好的回憶，所以一直不太想去，但我很好奇鯰魚鬚後來怎樣了。村裡現在已沒有觀光客，顯得冷冷清清。我向村民詢問後得知，鯰魚鬚好像最後化為一具屍體，被人發現。那天，他就浮在人稱河童玩樂處的那個地方。屍體的表情因恐懼而極度緊繃，屁眼周邊就像被人撕裂般，連腸子都被扯了出來，但這番話有幾分是真，幾分是假，實在無從分辨。

死亡之山

「蒙眼山是個很可怕的地方。就算在山路上遇到人，也絕不能和對方四目交接或是交談。就算對方開口叫喚，也絕不能應聲。即使發生了怪事，也要裝沒發現。」

客棧老闆在被窩裡一面咳，一面說道。他似乎身體欠安，沒有走出房外的意思。因此，我們也沒能看清楚老闆是何長相。

「怪事？到底是怎樣的怪事？」

旅遊書作家和泉蠟庵在微開的隔門前端正坐好。我和輪坐在和泉蠟庵背後，伸長脖子往隔門的門縫內窺望。客棧老闆躺在昏暗的房內深處。他不斷咳嗽，每次都咳得棉被為之顫動，並向我們回答道：

「山裡會發生什麼事，得到時候才知道。你們三位如果想前往市鎮，走蒙眼山是捷徑，但我並不建議。」

和泉蠟庵盤起雙臂沉思。

和泉蠟庵是個嚴重路癡，這次旅行我們也被他害得苦不堪言。前不久，我們三人才在不知名的場所迷路徘徊，直到太陽下山，四周都化為一片漆黑。當時我心想，難道會一直這樣漫無終點的走在黑暗中嗎？正準備死心時，碰巧就在雜樹林深處發現這座老舊的客棧。

從老闆的房間透射出的亮光，令我們大大鬆了口氣。雖然地板和屋柱都已腐朽，四處爬滿了蜘蛛網，但好歹也比露宿野外來得強。我們照著臥病在床的老闆吩咐，在住宿登記簿上寫下三人的名字，然後將行李放進房間。接著和泉蠟庵問老闆，這裡到底是什麼地方，市鎮又在哪個方向。

據客棧老闆所言，只要翻越一處名為蒙眼山的地方，前方就是通往市鎮的幹道，不過……

「如果要通過蒙眼山，對於那裡發生的一切怪事，都要視而不見。」

客棧老闆一再提出忠告。

「如果沒這麼做呢？會有什麼後果？」

「將會再也無法走出那座山。」

從我們的市鎮出發後，不知已過了多久的時間。在旅途中，我們造訪多處溫泉地，見識各個名勝古蹟，品嘗當地名產。這麼做可不是為了享樂，對和泉蠟庵來說，這是工作。將旅途中的所見所聞、溫泉的功效和特色等，全部鉅細靡遺地寫進日記中，等回到我們的市鎮後，再寫成旅遊書，向世人介紹。而我則是擔任背行李的苦力，與他一同旅行。

不過，我很想回自己房間所在的長屋，躺在自己的床上。想從和泉蠟庵那裡領取報酬，然後拿來喝酒、吃蕎麥麵、賭博，和年輕姑娘玩樂。多想現在就奔回我的老窩啊。

和泉蠟庵轉頭望向我和輪。

「前方的山林，好像會出現什麼來路不明的東西。怎麼辦？要翻越這座山嗎？還是繞路，另找其他道路？」

「我們就翻越蒙眼山吧。當我們找其他路的時候，最後往往又是迷路。輪，妳也這麼想對吧？」

「是啊。旅行的行程要是延長，花費也會增加。」

輪難得會同意我的意見。她是委託和泉蠟庵寫旅遊書的書店老闆派出的代理人，和我們一同旅行，從旁協助和泉蠟庵，並牢牢看緊我們的荷包。當遇上暴風雨，只能留在客棧內時，她會要求和泉蠟庵執筆寫旅遊書。與奉行怠惰主義的我，個性可說是南轅北轍，基本上，她根本就不把我當人看，很瞧不起我。

「既然你們都這麼說，那我也沒異議。明天我們就翻越蒙眼山吧。」

我和輪回到房裡，至於和泉蠟庵則是和客棧老闆一直聊到深夜。當他返回房間時，手中握著一張白紙。

「那是什麼？」

「老闆託我保管的東西。」

和泉蠟庵只簡短地說了一句，便鑽進被窩。

天亮後，我以井水洗臉，整裝完畢。我們向客棧老闆問候完，在房門前留下住宿費後，就此啟程。

好個朗朗雲天。通往山麓的道路上是整片階梯狀的梯田，林木蓊鬱。一路上沒有岔路，我們只要沿著前人踩踏出的道路走即可。但大意失荊州，和泉蠟庵迷路的毛病絕不能小看。旅途中只要有他在，就算是走在一條筆直的道路上，也時常猛一回神，便來到一處意想不到的場所。

不過，這次我們倒是順利來到山中，完全沒迷路。有一座作為路標的墳塚，墓碑上刻有「蒙眼山」的文字，一看便知。墓碑背面刻有像經文般的文字。

「這裡好像是交界處。」

和泉蠟庵喃喃自語著。

我們望著墳塚，休息片刻後，開始走進山中。

一開始眼前淨是平凡無奇的景色。走在微微繞彎的上坡路，山腳的景色羅列眼前，令人心曠神怡。蜿蜒的小河、山腳的農村，以及田園景致，盡收眼底。我當自己化身成飛鳥，極目遠望，感覺山脊線猶如淡藍色的版畫般，層層交疊。感覺不出絲毫怪異的氣氛。

「那一定是客棧老闆編的故事。」

我說完後，輪應道：

「為什麼他得編故事？」

「那是因為啊，他喜歡那樣說，讓客人感到害怕，以此為樂。」
「是嗎？」
「不，等等，我明白了。他應該是想讓旅客感到害怕，而躊躇不前吧？讓客人多住幾天，然後多收點住宿費。蠟庵老師，你怎麼看？」
和泉蠟庵像女人似的將長髮束於腦後，走路時任憑長髮擺蕩。他身材修長，看起來弱不禁風，但他力氣比我還大，不管走再遠，也不顯一絲疲態。也許他不是一般人，有時我甚至覺得他可能身上流有妖怪的血脈。
「如果是編造的故事，那就不會有任何問題。不過，你們兩位最好還是要做好提防。就算出現了什麼，遇上什麼怪事，也絕不要看，就裝作什麼也不知道。」
和泉蠟庵說。
不久，太陽下山，四周頓時轉為昏暗。
一陣寒風吹來，林間樹木為之窸窣作響。
沙沙、沙沙沙。
有昆蟲的屍體掉落路旁。
從某處飄來難聞的氣味。
也許是叢林裡死了狸貓之類的動物，腐爛發臭。

剛才還聽得到陣陣鳥囀，但此刻突然轉為死寂，鴉默雀靜。

汗水順著臉頰滑落。

感覺叢林前方好像有什麼東西在盯著我們看。每往山林深處多走一步，這種感覺便加重一分。

天空萬里無雲。這就怪了。如果是這樣，為何會突然轉為陰天呢？可能是頭頂的枝葉遮住了陽光吧。

四周的樹葉發出像人在說話的嘰嘰喳喳聲。翻越山嶺的道路，一路通往茂密的叢林深處。兩側的雜樹林相互扭曲交纏，往我們的方向伸出枝椏，那模樣猶如痛苦掙扎的人在向我們求助。

我們三人變得寡言少語。沉默地低頭看著自己的腳，邁步前行。走在前頭的是和泉蠟庵，接著是輪，最後是我，我們一個接一個走著。當我們沉默無語，彼此的衣服摩擦聲、分趾鞋踩踏地面的聲響、呼吸聲，全都聽得一清二楚。

這時，我發現某個聲音。

走在前面的兩人雖然沒回頭，但應該也都和我一樣聽見了。

有某個東西跟在我身後的聲音。

＊＊＊

我們裝作什麼都不知道，繼續前行。

雖然我只低頭看自己的腳，但是那可怕的景象還是進入我眼角的視線中。

數百根人類的手指出現，那模樣就像在撥開叢林。它們像蜈蚣般攢動，在叢林裡抖動著，發出窸窣聲響。

路旁有個黑色塊狀物，看得出是由眾多蟲子所聚集而成。一堆蟲子群聚在被人丟棄路旁的嬰兒身上。那嬰兒還活著，我們走近後，便從他那蟲子爬進爬出的口中傳來微弱的哭聲。

有內臟從岩石爬出，在草叢的暗處攢動。有個由腸子、肝臟、舌頭、牙齒所拼湊成的東西，表面泛著油光，頻頻抽動著。它朝飛舞在花朵上的蝴蝶伸長腸子，將蝴蝶打落後，開始吃了起來。

對於眼前的一切，我們全視而不見。

有時我差點忍不住轉頭望去，但最後還是強忍了下來，繼續往前走。

若不這麼做，就走不出這座山。

我們非得裝作沒看到才行。

群樹之上，有個來路不明的動物正在啃食人類。啪嚓、咔滋、呼嚕、呼嚕，傳來骨頭斷折以及吸吮血肉的聲音。當我們從旁經過時，那個動物突然以男人的聲音狂笑。

沿途綻放的百合花傳來清亮的歌聲。我若無其事地以眼角餘光瞄了一下，發現那百合花在白色花瓣的包圍下，中間長著一個嬌小的少女頭部。少女閉著眼睛在唱歌，長髮從百合花瓣的縫隙間垂落。

在這座山的斜坡下方，有一處濃霧瀰漫的場所。我感覺那深處有個巨大的東西在四處遊蕩。傳來有東西折斷樹木，四處走動的腳步聲，同時地面隨之搖晃。

我們來到山嶺後，稍事休息。一群身穿白衣背著竹籠的人，從樹洞內魚貫而出。他們停下腳步，靜靜凝睇著我們。那股視線的壓迫感，就算沒轉頭望向他們，一樣感覺得出來。我們裝作不知道，接著他們便開始竊竊私語，然後再次回到樹洞裡。

「啊～真想早點回去，躺在榻榻米上喝酒。」

為了化解緊張情緒，我刻意這麼說道。

「蠟庵老師，你看，花開了呢。真美。」

「妳們女人為何就這麼愛花呢？」

「耳彥先生，你的眼睛不是爛掉了嗎？」

「才沒爛呢。」

「它看起來很渾濁呢。」

「它天生就長這樣，我也沒辦法啊。」

「你們兩個別吵了，難得的美景都被你們糟蹋了。喏，多麼風雅的景致啊。」

然而，從山嶺可以看到的景色，只能用光怪陸離來形容。無數隻似鳥非鳥的動物在空中穿梭，紫色的雲朵凝聚在山嶺之上，從雲層間露出一張巨大的人臉。當然了，我們都裝作沒看見，暗自深吸一口氣，假裝在欣賞眼前的景致。

休息片刻後，轉為下坡路段。走沒多久，遠處傳來一聲尖叫。

「救命！快來人啊！」

是女人的聲音。這聲音應該已清楚傳進我們每個人耳中，但我們既沒往四處張望，也沒眼神交會，對發生的事並未感到納悶，就只是神情平靜地走著。

前方跑來一名衣服敞開的女子，另外有名男子持刀在後頭追趕。我提醒自己要裝沒看見，我望向自己腳下，對於在我眼角餘光處發生的惡行佯裝不知。不管女子再怎麼呼喊求救，都得視而不見，因為這一切可能都是這座山故意在我們面前呈現的怪異現象。

然而……

我心中開始產生迷惘。

如果這不是怪異現象，而是真正發生在眼前的事件呢？

倘若是這名女子湊巧從另一側登上蒙眼山時，遭男人襲擊，那該怎麼辦？

若真是這樣，我們就這樣從旁邊經過，不就是見死不救嗎？

「我想回家……求求你……讓我回家……」

女子苦苦哀求，但男子卻在我們接下來要通行的路上侵犯女子，並殺了她。他朝女子身上連刺數刀，每次都發出溼答答的聲響，積在地上的血水逐漸擴散開來。

我臉部表情差點為之僵硬，但我強忍了下來，我們只能以若無其事的表情繼續往前走。

這一定是幻影。我將懷疑的念頭往心裡塞。

如果這是實際發生眼前的事，女子應該會拚了命緊抓我們，向我們求救。男子也會用他手中的刀傷害我們，但他們沒這麼做，從這點來看，這對男女也算是蒙眼山裡的一件怪異現象。

地面那攤血逐漸擴散，我們得裝沒看見，所以不得已，只能踩著那攤血走過去。

當我們從旁邊通過時，感覺得出那名遭殺害的女子不發一語地望著我們。

為什麼你們裝作不知道？

為什麼沒注意到我？

你們知道現場發生了一件很殘酷的事對吧？

但你們為何可以視而不見？

我強烈感覺到女子在責怪我們，但我們無能為力。明明看到了，卻得裝沒看見，以此保護自己。不論發生再殘酷的事，都得就此走下山，不能停下腳步。對我們而言，這如同嚴刑拷問，因為我們連要閉上眼睛、摀住耳朵，都辦不到。要是真這麼做，不就表示我們已發現她求救的聲音，就此露出馬腳嗎？我們若不將視線從眼前的不幸和死亡移開，就無法活命。所以我希望妳能諒解，不要怨我們，原諒我們的見死不救。

這座山發生的怪異現象，肯定是那些死在山中的人們所遺留的意念。走進山中後，沒能離開這裡，就此葬身山中的死者，他們的痛苦、悲傷、寂寞，全累積在此，向我展現出怪異的景象。

他們希望有人能發現。努力想讓人知道他們客死他鄉的悲傷，所以才會出現在我們面前。

據說只要與他們目光交會，或是有所回應，就會被他們帶走，但這一定是因為他們備感寂寞的緣故。不想讓發現他們的人離開，為了能為他們死亡的孤獨帶來些許療癒，而希望可以將人留在身旁。

我腳底沾了血，是踩向那攤血時所沾上。這不是幻影，看起來像是沾上真正的鮮血，不知道什麼時候才會消失。

我們默默走下坡。女子的屍體已被遠遠拋在後頭，我們又對一項怪異現象視而不見，就此從旁走過。我深吸一口氣，為了轉換心情而開口說道：

「好漫長的旅程啊。等這趟旅行結束，我們大家一起去吃蕎麥麵吧。」

我邊走邊等候回應。

但沒人回答我說的話。

我再次出聲喚道：

「一起去喝酒吧。邊喝邊聊旅行的趣聞，一定可以連喝好幾晚也說不完。」

沒人點頭附和，也沒人轉頭看我，他們都態度冷淡地持續走著。

沙沙、沙沙沙……

樹木的沙沙聲從頭頂灑落，將我吞沒。

「我說你們……」

他們就像完全沒聽到我說話似的。

這時我突然發現，他們理應是和我一同旅行的夥伴，但我卻想不起他們的名字。不光如此。因為之前我一直都看著自己腳下，所以沒察覺，我對他們三人的長相感到很陌生。

我從後面依序窺望他們的臉龐。

一名眼神兇惡，一臉窮酸樣，活像窮神的男子。

一名看起來聰明伶俐的女孩。

一名長髮束於腦後，五官端正的男子。

我全都不認識。他們三人全都無視於我的存在，就像看不到我似的。即使我把臉貼向他們面前，他們也絕不跟我目光交會。要是我出手拍打，或許會有反應，但我就是不想這麼做。如果他們能稍微注意到我的存在，我才能放心地與他們接觸。

「別再欺負我了啦。」

我逐一向他們搭話。

「我說，別再對我視而不見了……」

這時，我感到手臂一陣癢。我伸手搔抓，突然一個像白色米粒的東西掉落。是蛆。有蛆附在我手臂上。我突然全身發癢，我的耳洞、背後、指縫，都不斷湧出白色的蛆。我以手指搔抓蛆附著的部位，結果可能是搔抓過度用力，皮肉就此分離，但既不覺得痛，也沒噴血。我害怕極了，放聲尖叫，但我那三名旅行的夥伴完全沒理會我，自顧自地往前走。

「救我啊！」

我的身體散發腐臭。不知道是打從一開始就這樣，還是現在才變成這樣。感覺我腹中有某個東西在攢動。從腐爛的皮膚破洞裡，鑽出一條蜈蚣來，陸續掉出許多鼠婦。我的內臟似乎已被蟲子們啃食殆盡。我怕被他們遺棄在這裡，急忙追向前去。

「等等我！」

我想起以前好像也發生過類似的情形。

那是多久以前的事呢？

我和村裡的幾名兒時玩伴一同出外旅行，到知名的神社寺院參拜、泡溫泉，原本預訂三個月就回來。我們很享受那趟旅程，在返回村裡的途中，一時迷了路，來到蒙眼山的山腳。

我們得知翻越這座山，似乎就是返抵我們村莊的捷徑，因而決定要登山。山腳有座村莊，我們從村民們口中得知山裡會發生的情況。村民們說，不管看到什麼，都得裝沒看見。

但我在翻越蒙眼山的途中，被怪異的景象所驚嚇，忍不住叫出聲來。

馬上有無數隻手緊緊纏住我，我無法動彈。

「別拋下我啊！」

我那些兒時玩伴們假裝沒聽見我的呼救聲，就此離去。

「等等我！我都知道！其實你們聽得見對吧？也看得見對吧？你們只是假裝沒發現罷了！」

我好不容易才趕上那低著頭走路的三人。我一面拂去身上的蛆，一面向他們訴之以情。

「我全想起來了，請帶我一起走吧。我想回村裡，我爸媽還在等我回去呢。」

我一直跟在他們的後頭走，說著自己的事。提到我的來歷、出生的故鄉村名，以及和兒時玩伴們展開旅行時被蒙眼山的怪異現象所吸引的事。

「我想結束這趟旅程。拜託你們，請帶我一起走。」

道路變得平坦，我們走過一條溪上的小橋。從樹林間傳來鳥鳴聲，陽光從枝葉間灑落，在地面形成斑駁樹影。原本聚於頭頂的紫色雲朵，以及從雲層間露出的巨大人臉，已全都不見了。

走在前頭的長髮男子，從衣服懷中掉出一張白紙。

「蠟庵老師，你掉東西嘍。」

那名女孩向男子喚道。

「我是故意丟的。那東西我不需要，放著就行了。」

被喚作老師的那名男子繼續前進，其他兩人也緊隨在後。

我感到好奇，打開那張白紙。是一張摺好的信紙。我曾向父親學識字，所以我看得懂上頭的文字。我唸出信上以毛筆寫成的文字。

「為什麼？你到底是……？」

我從信中抬起臉來，望向前方，他們三人在不遠處停下腳步。

長髮束於腦後的男子轉過身來，與我四目對望。

「蠟庵老師！」

女孩大聲叫喚。

「放心，已經翻越這座山了。」

我想走向他們，但不管我再怎麼走，就是走不到他們身邊。路旁有一座墳塚，石碑上刻有「蒙眼山」的文字。我還記得當初和兒時玩伴們一起入山時，曾看過同樣的墳塚。我似乎不能走到對面去，我無法離開這座山。

信中的文字看了覺得眼熟，是教我識字寫字的父親筆跡。

「那是你父親託我帶來的。他拜託我放在山中的某處，不過，能交給本人算是巧合。因為你對我說出自己的來歷，所以我明白你就是那位收信者。」

我快速看過那封信。父親的書信中，寫有對我的死所抱持的哀悼之情。我那些旅行返回的兒時玩伴們，向我的父母說出蒙眼山裡發生的怪異現象，以及我被抓走的事。我的父母傷心欲絕，離開村莊，開始在蒙眼山山腳下的一家客棧工作。應該是想在我的喪命處附近生活吧。不久，母親因病亡故，父親頂下那家客棧，至今仍住在山腳下。

長髮男望著我。另外兩人原本一直背對著我，但在確認過長髮男沒遭遇危險後，這才惴惴不安地轉頭看我。

我與他們三人正面相望。

有人看我。

有人跟我說話。

光是這樣，我便覺得自己被人遺棄的落寞以及死亡的孤獨，彷彿都隨之減輕了。

＊＊＊

我們行經墳塚，走出蒙眼山後，第四個人的腳步聲和聲音都再也沒聽到了。怪異現象只會出現在墳塚的另一側，我因感到安心而吁了口氣。我之前都不知道，刻意視而不見竟是這麼耗神的事。

不過事情還沒完。和泉蠟庵開始對著墳塚的另一側說話。我和輪也轉頭望向同樣的方向，但什麼人也沒看到，只有通往蒙眼山深處的道路。和泉蠟庵從懷中掉落的白紙仍舊擱在地上。

剛才一直跟在我們身旁的那第四個人影已經不見了，但和泉蠟庵就像前面有人似的，始終注視著某一點。我和輪猜想對方的臉可能就在那一帶，望向同一處場所，露出一副宛如看得清清楚楚般的表情。在山中不能與人四目對望，所以我們都低著頭，只能用眼角餘光看到對方的腳。雖然不清楚對方是何長相，但他確實存在。他緊跟在我身後，就像一開始即和我們一同旅行般，以第四名夥伴的身分跟著我們走。和我們一起休息，還主動向我們搭話。

我們三人離開蒙眼山，就此與那第四名夥伴道別。

「保重！」

我朝向空無一物的地方揮手。

之前踩向那攤血水時，沾在腳底的血汙，在走出蒙眼山的同時便消失了。那血汙應該也是怪異現象所呈現出的一種幻影吧。不過，那也只是看不見罷了，我到現在仍覺得腳上沾有死者的血。對這件事感到在意，或許對那些在旅途中放棄旅行的死者們來說，也算是一種祭悼。

不久，我們來到熟悉的街道。是通往市鎮的幹道。

「好漫長的旅程啊。等這趟旅行結束，我們大家一起去吃蕎麥麵吧。」

我向和泉蠟庵提議道，但他沒回答，輪也沉默不語。不管我再怎麼搭話，他們都不理我。

「哈哈，別開玩笑了啦，蠟庵老師。喂，輪，別鬧了啦。」

我在他們面前揮手，做出各種稀奇古怪的動作，但他們兩人始終低著頭，不發一語地走著，就像看不見我似的。不光如此，他們兩人還以沉痛的口吻低聲討論某人的喪禮該如何安排。輪拭去眼角的淚水，和泉蠟庵神情悲慟。

待走進糰子店後，店裡工作的姑娘與我目光交會，大喊一聲「歡迎光臨」。這時，他們兩人才結束這場遊戲。

哈哈大笑之夜

一

沒有風，沒有蟲鳴，位於山腳的這座森林猶如一塊漆黑的暗影，我獨自一人徘徊在鬱鬱蒼蒼的叢林中。我與旅行的同伴走失，已過了半日。整晚都走路，並非明智之舉。雖說明月高掛夜空，但這裡暗得連腳下是何情況都看不清楚。我恐怕只能在樹下縮著身子，一面擔心野獸和毒蟲的來襲，一面靜候黎明的到來。正當我做好這樣的心理準備時，赫然發現叢林深處有戶民宅，從那扇拉門的縫隙處溢洩出帶有暖意的橘色亮光。

「請問有人在嗎？」

我走近那戶人家，敲了敲門。一名女子往外探頭應道「有什麼事」，我向她說出自己遭遇的情況。

「請容我在此借住一宿。」

「我這裡沒有棉被哦，您不介意嗎？」

「一點都不會。」

我向她道謝，走進屋內。屋內構造相當簡樸，只有土間和木板地。木板地的正中央有個圍爐，正在燒煮開水的火焰照亮了四周。屋裡住著一家三口，有前來應門的女子、她的丈夫，以及他們的兒子。他們應該是農民，但到處都看不到農作用具。

他們三人的視線全往我臉上匯聚，感覺就像朝我臉上舔舐一般。少年悄聲朝他父親咬耳朵，應該是擔心讓我這種陌生男人進屋裡，真的不會有事嗎。「明天一覺醒來，也許他會偷走東西，就此消失無蹤呢」，我可以聽見少年的心聲。會引來這樣的誤會，一點都不奇怪。我的長相很像是個形跡可疑的小偷，由於長相窮酸，也常被人誤認為是窮神。

女子為我泡茶。熱茶暖和了我的身子，我就此道出自己的來歷。我受雇於旅遊書作家和泉蠟庵，為了調查全國各地的名勝古蹟和溫泉地，正展開旅行。但和泉蠟庵是個嚴重路癡，我們的旅行可說是險象環生。今天同樣在山路中迷了路，不斷來來回回走冤枉路。

「明明只是沿著道路走，但不管走再久，就是到不了目的地。明明是在市鎮裡迷路，卻在不知不覺間置身山中。緊接著，明明沒印象坐過船，卻已來到位於湖心的離島上。今天白天時也是如此，我們邊走邊在樹上做記號，但卻一直在同樣的地方打轉。理應是筆直地往前走，但走了半晌後，做過記號的樹木卻又出現眼前。而且不光如此，當我定睛細看時，發現在前方的遠處，可以看見我們自己的背影。雖然蠟庵老師說是我自己想多了……」

只要與和泉蠟庵同行，道路就會很離奇地相連在一起。我們四處行走的結果，最後終於到了其他地方，但我在樹下休息時，他們竟然拋下我走了。我獨自四處徘徊，直到現在。

「還有個名叫輪的女孩也和我們一起旅行，她負責看管荷包。她和蠟庵老師一起不見了，所以我現在身無分文。」

為了因應這樣的情況，下次得要輪讓我帶點住宿費在身上才行。我在說明自己的來歷時，他們三人臉貼著臉，竊竊私語，看了讓人覺得很不舒服。我喝完茶，正想請他們讓我到屋內角落休息時，男子來到我面前，一屁股坐下。男子的手臂和脖子都很粗壯，活像一頭熊。

「這位旅人。」

「什麼事？」

「在你來訪之前，我們正想玩個小遊戲呢。」

「您說的遊戲是……？」

「我所說的遊戲，不是別的，就是講恐怖故事。」

「恐怖故事？」

「嗯，沒錯。每個人各講一個恐怖故事，然後決定誰講得最恐怖。我們正準備要說。如何，既然難得有這個機會，要不要聽我們說啊？然後幫我們決定誰說得最可怕。」

坦白說，我根本不想聽，只想睡覺。但人家都開口邀約了，實在不好意思拒絕。而且這時候多聽一些恐怖故事，等之後與和泉蠟庵和輪會合後，再說給他們聽，那也不錯。尤其是輪，說恐怖故事嚇她一定很有趣。她總說我是個只會喝酒，不會工作的呆頭鵝，以此責備我。雖然她說的也沒錯，但被人說成這樣，心裡當然很不是滋味，所以我很想親眼目睹她害怕的模樣。

「我明白了。」

我接受男子的提議。他馬上邀我一同坐向圍爐旁。這對夫婦、少年，還有我，在圍爐的火焰亮光下，我們四人的臉泛著紅光，浮現在黑暗中。就這樣，一場宛如噩夢般的夜晚就此展開。

最先講恐怖故事的，是讓我進屋的那名女子。她在我左側端正坐好，肩膀緊繃，似乎相當緊張。她長長的黑髮垂在面前，遮住了眼睛和鼻子，開始以冰冷、陰森的聲音道出故事。

現在我要講的，是我前往那個人的住處時，在山路上發生的事。

那個人指的是誰呢？我感到納悶，但我沒插嘴。不過看其他兩人沒發問，應該是他們一家都認識的人吧。

那天晚上我提著燈籠，走到那個人的宅邸。我走在最前面，為了跟在我後面的人著想，我以燈籠照向腳下。在路比較窄的地方，為了防止有人跌落懸崖，我都會出聲提醒大家注意。

跟在我身後的是三名旅人，他們還很年輕，聽說是為了參觀神社和寺院，才離開村子。他們迷路來到這個屋子，但因為屋裡連棉被也沒有，他們覺得很不方便，一直央求我替他們想辦法，於是我只好帶他們去那個人的宅邸。如果是那個人的宅邸，就有柔軟的棉被、可口的菜餚，還有美酒。

聽到這裡，我差點就站起身來。我好後悔，要是我也向她央求就好。真想到那座宅邸住一晚，而不是窩在這種又髒又舊的屋子。不過，要我馬上打斷她的話，請她這就帶我去那座宅邸，我又沒那個膽子開口。

那是我們在山路上走到半途時的事。前方的黑暗處突然亮起一盞像燈籠般的亮光。起初我以為是有人從前方走來，但不是我想的那樣。那亮光就像在配合我們的步伐般，我們一靠近，它就遠離，我們一停步，它就停下來等。跟在我身後的男子有人發話道：「它就像在替我們帶路似的。」

我想起人稱「送行燈籠」的怪談。那是會出現在走夜路的人們面前，宛如燈籠般搖曳的亮光。

我們就像在追逐那盞亮光般走在山路上，但就在來到岔路時，那亮光突然一陣搖晃，走向其中一條岔路。那三名旅人之前一直是跟著那亮光走，所以他們很理所當然地跟著它走。我急忙出聲叫喚。

「請等一下。不是那邊，請跟我走這邊。」

我向他們招手，指向另一條路，而不是那亮光的方向。

「是這邊嗎？」

「沒錯，宅邸是往這邊走。」

「可是亮光往那邊去呢。它在等我們過去，就像在招呼似的搖晃，不斷要我們跟它走。」

「那亮光是想誘惑我們，會讓我們在山裡頭一直兜圈子。」

旅人們選擇相信了我。他們最後似乎達成共識，與其跟著那來路不明的亮光走，不如跟隨眼前的我。

我們在分歧處拋下那亮光不予理會，繼續往前走。記得我們臨走時，那奇怪的亮光還搖來晃去，一副很遺憾的樣子。接著我順利地將旅人們帶往那座宅邸。

啊，真是太好了。

要是走向另一條路，應該會一路抵達山腳的村落。這樣就會讓旅人們給逃走了。

那亮光或許是被帶往那邊的宅邸，全身被剝個精光，嘗過人間煉獄滋味的人，所留下的一份意念。他們死後化為亮光，在山裡徘徊。也許是發現我想帶旅人去那座宅邸，想極力阻止我吧……

二

說完後，女子一臉疲態地吁了口氣。少年以畏怯的聲音道：

「娘，那亮光是鬼魂嗎？」

「我認為是。像是燈籠的亮光，但絕不是燈籠。因為如果是燈籠，應該可以看到提燈者的身影才對。我定睛細看，始終沒看到人影。它微微浮現在黑暗中，然後倏然移動。」

「雖然我不願相信，不過這種事偶爾還是會發生。當人們在臨死之際，遺留強烈的意念時……」

男子以嚴肅的表情向兒子解釋。我則是盤起雙臂，表情凝重地頷首。不過我心裡直感納悶，不懂這到底是怎麼回事。

圍著圍爐的這三人，話題始終圍繞在出現於夜路上的神秘亮光。不過，就沒有其他好奇的事了嗎？尤其是最後，如果我沒聽錯的話，那女人明明說了很可怕的話，但他們似乎都不以為意。這三人不太正常嗎？不，難道是我自己誤會了？

「這位小哥，我剛才的故事可怕嗎？」
女子向我問道。
「……呃，可怕。不過，那是真正發生的事嗎？還是編造的故事呢？」
「當然是真正發生的事。」
女子如此說道，從前方劉海的縫隙間露出瞪大的雙眼，接著發出奇怪的笑聲。
接著講恐怖故事的，是隔著圍爐與我迎面而坐的男子。從他衣袖中露出毛茸茸的粗壯手臂，那魁梧的身材，幾乎都快抵向天花板了，甚至給人一種眼前矗立著一座岩山的錯覺。男子望著圍爐火光的雙眼，閃耀著斑斕紅光。第二個故事就此展開。
那件事是我在市鎮上喝酒的時候發生的。那裡有一家我愛光顧的蕎麥麵店，到市鎮去的日子，我一定會在那裡喝酒。喂，小哥，你喜歡喝酒嗎？
男子向我問道。那粗獷的聲音，彷彿連地面都為之震動。我點頭如搗蒜，這我怎麼可能搖頭呢。以我的個性來說，無時無刻都想喝酒。男子見我這樣的反應，嘴角上揚，泛起輕笑。從他嘶起的脣間，露出長得離譜的尖銳犬齒。

這樣啊。不過要小心別喝得爛醉哦。有時要是喝得酩酊大醉，就會分不清現在發生的事是真的，還是根本沒發生過。

不過，那天我酒沒喝那麼多，頭腦也還很清醒，而且講話口齒清晰，走路也不會偏。發生那件事情時，我明白不是因為酒喝多的緣故，所以反而更顯可怕。

我坐在蕎麥麵店的椅子上小口地喝著酒，這時突然有人拍了我右肩一下。

男子撫摸著自己的右肩。

那是肌肉高高隆起，宛如山丘般的肩膀。

我在市鎮裡沒有熟識，會是誰拍我肩頭呢？我心裡納悶，轉頭往後望，但空無一人。什麼嘛，是我自己神經過敏嗎？我心裡這麼想，又加點一杯酒，開始慢慢淺酌。

接下來，應該想像得到才對，又有人拍打我的肩膀。那是像用手掌拍打的明確觸感。

我回頭看，還是空無一人。我站起身，一一揪住那些面露怯色的酒客前襟，想質問到底是誰拍我肩膀，但每個客人都說他們根本沒靠近我。我懷疑他們或許全都事先套好招，但最後還是接受這樣的說法。要是給店主添麻煩，或許日後就再也不讓我進門了。我決定離開返家。

晚霞使得外頭景致染成一片殷紅，那顏色就像市鎮失火了一樣。接著是我走在市鎮郊外時，又有人拍我肩膀。

啪啪啪。

我往後看，又沒人。在這片夕陽晚照下，河邊的楊柳隨風搖曳。長長垂落的柳枝，前端浸在水中，根本無處可躲藏。就算真有人拍我肩膀，在我轉頭這段時間，他根本來不及躲。也就是說，有個肉眼看不到的人叫住了我。

男子以火筷撥弄著圍爐裡的木炭。火中冒出一兩粒火粉，像飛蟲般騰空飛舞。女子和少年表情僵硬地聆聽著。

太陽已下山，四周化為一片黑暗，我拎著燈籠走進山路中。那是一片死寂的黑暗，只能憑藉燈籠的亮光。我走在上坡路段，一路朝家門而來。結果又有人拍我了。

啪啪啪。

就像有人要叫住我似的，拍打我的右肩。但這次有點不同，在拍打完後，右肩仍留有一股重量。像是冰冷手掌的觸感，給人一股寒意。

我本想馬上轉頭確認，但後來急忙停住。如果我轉頭看，那一定又會和之前一樣倏然消失，所以我不能做出像要轉頭的動作。

我決定脖子維持不動，只轉動眼睛偷瞄。以眼睛餘光望向我的右肩。這麼一來，手搭在我肩上的傢伙，肯定來不及逃走。

悄悄、悄悄地……

我斜眼瞄向右肩一帶。這時，我看到了。有隻手搭在我肩上。是女人纖細的手。沾滿泥巴，指甲裡滿是黑垢。冰冷的它確實施重搭在我肩上。

我大為吃驚，但我不想認輸。我打算一把抓住那隻手。因為我右手拎著燈籠，於是我左手悄悄移向右肩，在即將碰觸那隻沾滿泥巴的手時，像撲向獵物的貓一樣，用力地一把抓住它。

但那隻女人的手快了一步。那隻沾滿泥巴的手，順著我肩膀渾圓的曲線，消失在我背後的暗影中。之後我回身而望，眼前除了夜裡的山路外，什麼也沒有。

不過我知道那隻手的來歷……

不久前，曾發生有名女子從那個人的宅邸逃離的事件。我奉命將她帶回，在山中死命地展開追逐。雖然在山路上抓到了她，但當時她極力抵抗，長長的指甲往我臉上一劃，留下了傷疤。我一時光火，將她的鼻子和耳朵咬下，並剖開她的肚子，直接棄置路旁。

那隻搭在我肩上的手，和抓傷我的那隻手一樣，都留著長指甲。或許是當時那個女人在對我說，她被棄置在路旁，覺得好寂寞。我心裡這麼想，當晚便到那處屍體被棄置的地方，挖了個洞將她埋了，並供上鮮花。從那之後，就再也沒人拍我肩膀了，這件事也就此落幕。

男子說完後，睜大眼睛笑了起來。眼白的部分反射亮光，顯得特別明顯。他哈哈地笑著，肩膀和頭部像痙攣般頻頻顫動，發出陰森駭人的聲音。我想起「哈哈大笑」一詞，用來形容人放聲大笑的模樣。

女子和少年互望一眼，露出困惑的表情。難道他們兩人也對剛才的這個故事感到質疑？咬掉女人的鼻子和耳朵，並剖開她的肚子加以殺害，這不是一般人該有的行徑。男子如此殘酷的行為，他們可以就此聽過就算了嗎？然而，他們兩人卻只是問了一句：

「……這麼說來，是鬼魂在拍打你的肩膀嘍？」

「爹，世上真的有鬼魂嗎？」

我大感錯愕。總之，我也附和幾句吧。為了不掃男子的興，我面帶微笑地說道：

「真是太可怕了。好可怕的故事啊。」

男子顯得喜不自勝。

「是嗎，那就好。你就儘管嚇破膽吧。」

在圍爐的亮光照耀下，我們四人的影子拉得老長。我的影子並不長，但不知為何，他們的影子卻一路延伸至牆壁和天花板，宛如要將我覆蓋般，有股壓迫感。他們在紅光下浮現的臉龐，猶如燒得熾熱的紅鐵，這模樣令我聯想到在地獄工作的惡鬼。我開始全身不住顫抖，管不住自己。

三

那接下來換我了。

坐在我右手邊的少年開口了。可能是很高興能夠講故事，他那染成紅色的臉部肌膚，一直維持著笑意。這少年的黑色眼珠比一般人都來得大。由於看不到眼白，所以看起來好似眼窩裡有兩個黑洞般。我很想摀住耳朵。雖然不知道接下來少年會說出怎樣的故事，但我有股不祥的預感。

第三個故事就此展開。

我不時會到那個人的宅邸幫忙，像是端盤子、摺客人的衣服、用抹布擦拭沾血的房間。為了遮掩遺留在牆上的抓痕，連塗漆工匠的工作我也得做，然後就會得到一根砍下來的指頭當作工資。那是宅邸裡散落一地的旅人手指。我很喜歡在回家的路上，邊走邊拿著手指吸吮、啃咬。

那天我同樣在宅邸裡到處幫忙，所以得到一根手指當獎賞。我記得好像是食指，模樣又瘦又長，應該是女孩的手指吧。形狀就像一根直挺挺的棒子。我將得來的手指放進口中，走在山路上，不斷地舔著，想用口水讓它變軟。用舌頭舔，感受指甲的堅硬以及指紋的粗糙。到目前為止，一如往常，沒任何怪異處。

當我來到半途時，用牙齒朝那被口水泡得黏不拉嘰的手指輕輕咬下。從那軟趴趴的肉當中，傳來骨頭的堅硬感。但事情發生在這之後，那手指在我嘴裡動了一下。

我本以為是自己想多了，但其實不然。放進我口中的手指，突然彎曲，壓向我臉頰內側的肉。接著它就像被人釣中的魚似的，開始在我的嘴巴裡抖動不停。

一直到剛才為止，它都是根靜止不動的手指。雖然不清楚它是從屍體上砍下，還是活生生砍下的，但它竟動了起來。或許是被我咬了一口，因痛而復甦了吧。

我很快將它吐了出來。手指跌在地面，好一陣子翻來翻去又蜷縮一團，但不久後，它便展開尺蠖般的動作，想逃進草叢裡。我簡直不敢相信自己眼前所見。因為太過可怕，我就此逃離那裡。

不過，我實在覺得很好奇，所以我提起勇氣返回原地。四處找尋剛才那根手指，發現它在樹根旁。一面扭動著雪白的身軀，一面以指甲挖洞，想往土裡鑽。但並不順利，一再翻倒。不久，螞蟻聚了過來，開始爬滿皮膚，那根手指似乎覺得癢，不住扭動。

一開始的害怕已逐漸消除，我開始覺得它很可愛。我伸手將它拈起，拂去上頭的螞蟻，擺在手掌上，緊緊握住它。它在我的手中極力扭動長條狀的身體，那種觸感真是有趣極了。

我決定將它帶回家放進盒裡，偷偷藏在地板下。它會用指甲搔抓盒子，所以爹娘一定覺得納悶，以為是有老鼠。

我獨自一人時，就會把它拿出來，看它像尺蠖般四處爬行，以此為樂。我還會在它身上綁繩子，讓它拖曳重物，或是讓它浮在水上游泳。

不過，那根手指我只養了十天左右。它的身體逐漸泛黑，行動變得愈來愈緩慢。它沒有嘴巴，所以不能進食，變得愈來愈乾癟。不是有種點心叫作「花林糖」[12]嗎？它後來的模樣，就像在花林糖前端加上指甲。

真教人難過。我想拯救那根變乾癟的手指，含入口中想將它泡軟，但還是沒用。不久，就算我戳它，它也不再動了。我心想，哎，它終於死了。後來我在屋子旁挖了個洞，將那根不再動彈的手指埋葬。我的故事說完了。

男子以火筷撥弄圍爐的木炭。火光搖曳，三人的影子隨之變大，失去原有的輪廓，變得不像人形。但只有短暫的瞬間，待火焰停止搖曳後，影子再度恢復人形。男子向我問道：

「如何，旅人先生，可怕嗎？」

「呃……嗯……」

正當我不知如何回答時，女子開口道：

「手指動起來那一段有點可怕，不過最後感覺有點溫馨呢。旅人先生，你不覺得嗎？」

「不過，手指會動這件事是真的嗎？」

男子向少年問道。

「我可沒騙人哦。後來因為它不會動了，我才把它埋了。」

男子緩緩站起身，使得地板發出一陣嘎吱聲。

「我想到一個好主意。我這就去掘那個墓，我想瞧瞧那根手指。妳去準備燈籠。」

女子點亮燈籠。三人穿著草鞋走出屋外，男子在門口處叫喚我。

「旅人先生，要不要一起去看那根手指啊？」

我實在沒那個意願，但我還是跟著去了。

12.日本的傳統零食，常以黑糖製作，類似麻花。

穿上草鞋來到屋外後，發現山中蒙著一層薄霧。夜風沁涼，感覺無比暢快。在月光下，叢林猶如黑色的影繪般，將我們包圍其中。他們三人沿著屋子牆壁而行，我跟在後頭。

「喏，就在這裡。」

少年所指的前方地面，以平坦的石頭疊了三層。他可能當自己在造墓碑。男子開始空手掘起泥巴。

沙、沙、沙……

掘出的泥巴在腳邊堆成一座小山。三人皆沉默無語，我抑制不了身體的顫抖。聽完他們三人的故事，我思索著誰的故事最可怕，但一時之間想不出答案。在思考鬼魂之類的問題前，他們三人的所做所為更是駭人。

「有了。」

男子道。他拈起一個小東西置於掌上，遞向我們面前。

「喏，是手指。整個都變黑了。」

女子將燈籠湊近後，微弱的亮光令那蜷縮的乾癟手指浮現在我們面前。少年的故事是真的嗎？但這無法證明這根手指以前會動。不，這不是問題所在。這裡有某人被砍斷的手指，這才是重點。

「這根手指會動？真的假的？」

男子如此說道，把玩著那根乾癟的手指，想硬將它從蜷縮的狀態下拉直。這時，發出一個像是樹枝斷折的聲響，手指的關節處碎裂，就此散落。他們三人似乎覺得好笑，不約而同睜大眼睛哈哈大笑。

我的恐懼已達到極限，如果要逃就得趁現在。他們三人此時的注意力都放在那根斷裂的手指上。我悄靜無聲地遠離現場，但當我走出大約十步遠時，不小心踩到枯枝。三人皆停止笑，轉頭望向我。我慘叫一聲，衝進叢林裡。

我頭也不回地邁步飛奔。月光被樹木遮蔽，四周一片漆黑。我被樹根絆住，一再跌倒，連自己現在往哪個方向跑都分不清。

更可怕的是，我感覺到他們三人在後方追我。那名像熊一般的大漢，一面折斷樹枝，一面朝我近逼而來。從樹林間隱隱可以看見女子手中燈籠發出的亮光。

「旅人先生，等一下啊，你為什麼要逃？」

少年的聲音在沁涼的暗夜中迴蕩。

我得趕緊找個安全的地方藏身才行。我跑得上氣不接下氣，步履變得無比沉重，全身多處擦傷。儘管渾身泥濘，我還是在山中四處徘徊。

不知跑了多久，也不知從什麼時候起，已感覺不到緊追在後的氣息，但我覺得這時候停步會有危險，於是我依舊連滾帶爬地往前行。

驀地，飄來一股撲鼻的臭味。是溫泉的氣味。眼前出現一片竹林，我來到人工整頓過的道路。沿著道路而行後，發現前方有一整排亮著燈光的石燈籠，前方有一間溫泉旅館。我敲著大門，將旅館老闆叫醒，向他哭求道：

「請救救我，有人在追我！他們是會吃人的惡鬼！」

一臉富態的旅館老闆一開始雙目圓睜，一臉驚訝，但他朝我仔細端詳後，說出令我大為意外的話來。

「你的名字該不會就叫耳彥吧？啊，果然沒錯。這張長得像窮神的臉蛋，肯定沒錯。」

「你為什麼認識我？」

「是我從投宿的客人那裡聽來的。他們吩咐過我，要是有個長這樣的人前來，就是他們走失的旅行同伴，請我要收留他。」

「旅行同伴？蠟庵老師……蠟庵老師他住在這裡嗎？」

「是啊，是位留著長髮，五官細緻的男人。他從昨天中午就在這裡投宿，並多次進出溫泉地，與他隨行的姑娘似乎也很喜歡溫泉。不過話說回來，真是辛苦你了，看你的樣子，應該是在山裡走了不少路吧？」

我心中的大石就此落下，一屁股跌坐地上。和泉蠟庵和輪在這家旅館裡。我得救了。

四

「……這就是我的遭遇。」

說完後，我嘆了口氣。和泉蠟庵盤起雙臂，臉上泛起想讓我安心的平靜表情。

「這樣啊，真是淒慘的遭遇呢。」

「就是說啊……」

身為我的好友兼雇主的這位旅遊書作家，不同於渾身泥濘的我，此時的他身上穿著睡衣。

至於我另一位旅行同伴輪，則是一臉不悅地在一旁喝茶。此舉令我在意，於是我向她問道：

「妳為什麼瞪著我瞧？看我平安無事，妳應該替我高興一下吧？」

「能夠再重逢，我當然高興啊。不過三更半夜的被人叫醒，你也設身處地替我想想吧。」

「因為我想說給你們聽嘛。」

來到旅館後，我請老闆立刻帶我去和泉蠟庵他們的房間，連睡在另一間房的輪也一起叫來，馬上向他們道出我先前的經歷。但輪卻打著哈欠，說出這麼不解風情的話來。

「既然結果都一樣，那你就繼續在山裡徘徊，直到早上再到這兒來，不是很好嗎？等吃完早飯再和我們會合，不是也很好嗎？我看你不妨讓那一家人再追你一回，然後等快天亮時再回到這裡。」

「哪能算得那麼剛好啊！」

「你就別生氣了。」

和泉蠟庵對我說道。

「別看輪這樣，她其實很替你擔心。她還跑到附近的村落確認你的下落。好像還拜託村民，如果看到有個長相會讓人聯想到窮神的男子，請馬上向這家旅館通報一聲。你應該感謝她才對。」

「我才沒替他擔心呢。只不過，少了背行李的苦力，教人很傷腦筋呢。」

輪把臉轉向一旁。和泉蠟庵面露苦笑。

「耳彥，去泡個溫泉，把身上的泥濘沖掉吧。這家旅館的溫泉相當不錯哦。」

我決定照他的話做。我站起身準備要去泡澡時，這才發現我的行李不見了。全都留在那間屋子裡了，偏偏又不可能回去取。一來我不知那間屋子的所在處，二來，我實在不想再見到他們三人。我告訴旅館老闆我的情況後，向他借來一套睡衣。輪返回房裡，和泉蠟庵鑽進被窩，只有我一人走向溫泉。

溫泉位於旅館的建築外。在岩地間有一池熱水，這即是所謂的露天溫泉。夜裡一面泡湯，一面仰望明月，當真是快意人生。連變得冰涼的手指也轉為暖和。溫泉洗去我一身的泥濘和疲憊，我從池中起身。

感覺猶如脫胎換骨一般，我手伸進睡衣衣袖，走在旅館的走廊上，這時背後傳來一個叫喚聲。

「旅人先生，我找你好久呢，原來你在這兒啊。」

是少年的聲音。我轉頭一看，那三人就站在我面前。

……

……當時我心中的震驚實在難以用言語形容。

我完全發不出聲音……

只有氣息從口中溢洩而出。

我當場一屁股跌坐在地。完蛋了，不管我再怎麼逃，他們還是追來了。我心中無比驚恐，他們三人看到我這樣的反應，似乎顯得困惑不解。

「旅人先生，你沒事吧？」

女子一臉擔心地問道。

「我看你是溫泉泡太久，一時頭暈吧？」

男子伸手扶起我，讓我躺在一旁的榻榻米房間裡。女子沾溼手巾，敷在我臉上，少年則是以手當扇子替我搧風。咦，感覺有點奇怪。我感到納悶不解。

因為我一直把他們三人當吃人的惡鬼看待，所以此刻受到他們親切的對待，心裡頗感意外。可能是已察覺出我的心思，男子開口道：

「看來，你誤會我們了。之前說的那些恐怖故事，純屬虛構。」

……沒錯，就是這麼回事。

在那戶人家聽到的三個恐怖故事純屬虛構，那名男子是這麼說的。

為什麼要這麼做是吧？聽說是因為他們三人一見到我的臉，以為是家裡出現窮神。喂，輪，妳在笑什麼。這一點都不好笑。蠟庵老師，請聽我說。他們堅稱是為了把窮神趕出家裡，才刻意說那些可怕的故事。以為只要將自己塑造成可怕的形象，就連窮神也會離開。所以當我說出自己迷路的經過時，他們在一旁竊竊私語地討論此事，面露厭惡之色。

如果這是真的，那我逃離屋子，應該是符合他們期待的結果才對。但他們之所以專程追著我來到這裡，是因為這東西的緣故。他們替我把留在屋裡的行李帶來了。男子對我說道：

「我們不需要窮神的東西。既不能擺在家裡，隨便丟棄又會遭天譴，所以為了物歸原主，才一路追來這裡。」

「那麼，從地下掘出的手指呢？」

「那是剛好埋在地下的樹枝。」

究竟是真是假，我不知道。不過，在現場那樣的氣氛下，男子說那是手指，任誰也會把樹枝誤認成是手指吧。

之後，我們誤會盡釋，與長得像熊一般的男子拍著肩膀，談笑風生。重新展開交談後，發現他們個性直爽。那位太太的頭髮梳理得很整齊，看清楚長相後，才發現她是位大美人。之前垂向前額的頭髮，應該是為了說恐怖故事而刻意營造氣氛。三人接下來像在交頭接耳似的，討論要不要在這家溫泉旅館住一晚，等天亮再回去。

我向他們告別，返回房間時，蠟庵老師已入睡，而輪也窩在自己房裡，我一直沒機會告訴任何人這件事，才會想像現在這樣一次將昨晚發生的事說個清楚。

不過，這故事並未就此結束。接下來我睡了一覺，來到隔天清晨……

嗯，沒錯，也就是剛才的事。請讓我將剛才的所見所聞說給你們聽吧。要一面聽，一面準備啟程也行。你們或許會想在這家旅館多住幾晚，不過，建議你們最好還是現在就離開。

就在剛才，我因為外面的麻雀叫聲而從睡夢中醒來。朝陽照得紙門一片白亮。蠟庵老師和輪好像早就醒來，到外頭散步去了。我躺在被窩裡，回想著昨天發生的事，腦中一片茫然。過了一會兒，突然覺得一陣尿意，於是我起床找廁所。

我離開房間，走在走廊上，來到一處可以望見庭院竹林的地方。正當我享受眼前翠綠的美景時，突然有東西從我鼻尖掠過。

似乎是一陣微風，但微帶溫熱，感覺像是有人朝我呼氣一般。我為之一驚，定睛凝望，發現在我眼前浮現一道朦朧的亮光。

那是宛如燈籠般的淡淡亮光。就是在那名女子的故事「送行燈籠」中出現過的神秘亮光。在伸手可及的距離下，輕飄飄地飄動著。它的光線微弱，在朝陽下，若不定睛細看，它淡得幾乎看不見。雖然我沒發出驚呼，但早已看得目瞪口呆。我揉著眼睛，用力眨眼，但亮光始終沒消失。

它飄飄然地行經走廊，在走廊的前方不遠處，有個分歧點。亮光走向其中一方，接著在那裡像在等候我的到來。

「你要帶我去廁所嗎？」

我戰戰兢兢地詢問後，它在原地繞了一圈，就像在對我說「你跟我來就是了」。我雖然害怕，但最後還是不敵心中的好奇，決定跟著它走。

我前往的地方，並沒有廁所，那裡只有玄關。當我們又繞過一個轉角，來到一處可以望見水泥地的場所時，傳來一陣說話聲。

似乎是那一家人和旅館老闆在玄關處交談。那一家人正準備回家，旅館老闆為他們送行。由於機會難得，我正準備向他們打聲招呼時，在前頭帶路的亮光停在我面前一動也不動，不讓我通過。它的意思，應該是要我待在這裡看。於是我決定從走廊這個轉角處觀察他們。

那一家人泡過溫泉，一副神清氣爽的模樣。似乎與旅館老闆是熟識，雙方和樂融融地談笑風生。他們站著聊了一會兒，接著旅館老闆從懷中取出一根用布包好的細長之物。

「喏，多虧有你的幫忙。這是你今天的工資。」

旅館老闆輕撫少年的頭，給了他那個東西。少年解開布一看，發現裡頭包的是一根砍下的手指。少年笑逐顏開，開心不已，直接將那東西含進口中。有指甲的一邊塞進嘴裡，露出骨頭的一邊則是懸在脣縫外。

我無意識地往後退，不知不覺間已靠向後方的隔門，隔門在我的重量擠壓下脫落，發出咚、啪的吵鬧聲響，而我也整個人跌入房內。

我看見站在玄關前的那四人轉頭望向我，但此刻我根本無暇顧及他們。我跌入的房間所呈現的駭人景象，令我腦中一片空白。

房內的牆壁有許多抓痕。榻榻米上血花飛濺，而且腳底有種奇怪的觸感，仔細一看，原來是像牙齒般的東西散落一地。這裡到底發生了什麼事？

正當我慌亂無措時，耳畔傳來那個笑聲。站在玄關前的旅館老闆一手指著我，一手捧腹，睜大眼睛哈哈大笑。

我因為害怕而逃離，就跑回這個房間。依我看，他們三人說的故事並非虛構。我不是逃進這家旅館，而是被帶來這裡。我以為自己分不清東南西北，在叢林裡胡亂逃竄，但其實是他們三人巧妙地將我包圍。當我感應到他們的氣息，想遠離他們時，已不自主地被引往這間旅館。這間旅館正是他們在故事裡提到的「那個人的宅邸」。

來吧，我們快點準備離開這裡。聽得到那個笑聲嗎？感覺得到笑聲逐漸從遠處朝我們接近對吧？他們就快要打開隔門闖進房內了。到時候站在我們面前的傢伙，不知道還會不會保有人的形體。

簡直就像在作噩夢。

你們聽，就快來了。

聽得很清楚。

那個笑聲。

汲水木箱的下落

一

在過去，道路是在自然的情況下形成。人們在某個地方居住，經過頻繁的往來，在日積月累的踩踏下，道路就此形成。在河岸邊，或是在山脊線上，道路會順著地形蜿蜒而行。相對的，也有直線形的道路。這些大多是以都市為中心，有計畫地整建而成。將小山谷填平，將山嶺附近鏟平，盡可能造成平坦的直線道路。這種傾向深受海外異國思想的影響。

在那烽火連綿的時代，各藩各自進行道路的整建。領地內的道路完善，但與鄰藩往來的道路則刻意任憑荒廢。這當中有其緣由。領地內自然會希望物品的運送可以暢通無阻，但要是建造一條能與鄰藩往來的道路，只會讓對方攻打我方更加容易。這股潮流，直到戰亂結束，全國統一之後才有所改變。現在為了方便中央向各地傳令，貫穿各藩的幹道整建顯得極為重要。

幹道整建完善後，人們開始四處往來。為了前往各地神社寺院參拜、觀賞名勝古蹟而展開旅程，已成為人們的娛樂。但對一般百姓來說，要出遠門旅行並非易事，一生都沒離開過自己故鄉的人所在多有。大部分人都不懂如何在旅館投宿、如何通過關隘、旅途中該注意什麼事項。為此，鉅細靡遺地指導人們如何旅行的書本問世，人稱「旅遊書」，擁有廣大讀者。我的朋友和泉蠟庵所寫的《道中旅鏡》也算其中之一。

「蠟庵老師，這裡是哪兒啊？」

我背著行李，朝走在前方的和泉蠟庵叫喚。他雖是男人，卻留著一頭罕見的長髮，在腦後綁成一束馬尾。打從剛才起，我們一直在溼地上行走。腳陷在溼潮泥濘的土地裡，寸步難行。

「耳彥，你問這什麼問題。我怎麼可能知道嘛。」

和泉蠟庵自信滿滿地應道，我聽了只能嘆息。另一位與我們隨行，名叫輪的少女，則在我身旁嘀咕道：

「看來，又要開始白費力氣了。」

這位少女是雇用和泉蠟庵寫書的出版商底下的夥計，他與我們同行，一起迷路，一起花時間白費力氣。她專程與我們同行，有其原因。她應該是特地來監視我們，以防出版商當作旅費所預先支付的訂金，被和泉蠟庵捲款潛逃。一定是這樣。

「輪，妳的行李給我吧，我幫妳拿。」

看她一副筋疲力竭的模樣，我好心想幫她忙。但輪卻搖了搖頭。

「不用了。行李交到你手上，或許你會拿了就跑。」

「那也不會挑這種地方吧。妳豬頭啊。」

「話說回來，你知道我為什麼要和你們一起旅行嗎？因為叔叔擔心他支付的訂金，會被耳彥先生給盜走。」

輪口中的叔叔，便是出版商老闆。我搔抓著自己凌亂的鬍子。走在前方的和泉蠟庵似乎也在聽我們的對話。

「輪，妳不能這樣欺負耳彥。他也有他的優點，雖然他確實是長得賊頭賊腦。」

「耳彥先生的優點？是什麼啊？」

輪向和泉蠟庵問道。和他說話時，輪的音調略微提高。

「這個嘛，例如說……」

我和輪走在和泉蠟庵身後，等著他接著往下說。雙腳陷入泥濘中，走起來備感疲憊。紅輪漸往西墜。在天黑前，希望能走出這處溼地。

「這種事不重要啦。」

和泉蠟庵如此說道。看來，他是想不出我的優點。

「老師，接下來我們要前往的溫泉地，有什麼樣的溫泉？」

「聽說水質很渾濁，人稱濁湯。」

「哦，有多渾濁呢？」

「應該和你眼神渙散的眼睛差不多。」

對旅人而言，溫泉是重要的目的之一。和泉蠟庵為了寫旅遊書，行遍各處溫泉地，調查溫泉的品質和功效。我們陪同他一起旅行，但他有個麻煩的毛病，就是老是迷路，鮮少順利抵達目的地。當天空開始由明轉暗時，我們終於走出了那片溼地，腳踩向堅固的地面。撥開草叢後，來到一處可以俯視整個村莊的山丘。看到民宅的燈火後，我們放心地吁了口氣。

穿過農田夾道的道路後，我們拜訪村郊的一戶民家。這算是比較大的一棟房子。一名一臉疲態的女子前來應門，和泉蠟庵與她交涉後，我們得以在此投宿一晚。從屋內深處傳來孩子們嬉鬧的聲音。屋裡只住著女子和她的兩個孩子，女子的丈夫已過世。

「因為遭遇落石意外，頭部被壓碎。」

女子的話語夾雜方言，不容易聽懂，好在有和泉蠟庵代為翻譯。女子名叫指臟子。在進屋前，我們先拂去衣服上的泥土。由於之前走在泥濘的路面，衣服的下襬和腳沾滿了泥巴。指臟子見狀，向我們提議道：

「各位先洗洗腳吧。請往這邊走。」

我們繞過屋子，從後門進入廚房。

「請用這桶水。」

木桶裡裝有清澈的水。我本以為這應該是從庭院的水井汲取來的，但似乎不是這麼回事。

一旁設有高度及腰的木箱。木箱的正面木板上有個小洞，從裡頭垂掛出白白胖胖的繩狀物。繩索的前端以竹夾固定，女子將它取下後，水開始往木桶中滴落。我們望著木桶，用裡頭的水洗腳。

「這到底是怎樣的構造？竟然會從木箱中湧出水來。」

我向指臟子問道。

「這水並不是從木箱中湧出，是從水井汲取上來的。你看，這裡不是有腸子相連嗎？」

「腸子？」

「就是這個。」

木箱的側面也有開洞，白色的繩狀物從中冒出。它穿過牆壁的洞口，消失在外頭。

「這條腸子一路連往庭院的水井。」

雖然不清楚是什麼動物的腸子，但似乎是以腸子當水管用。不過，又是靠什麼力量將水引到這裡呢？有腸子相連的木箱很可疑，裡頭肯定有什麼機關。

「可以讓我看箱子裡頭的構造，讓我長長見識嗎？」

和泉蠟庵興趣濃厚地問道。但指臟子卻是面露苦笑，搖頭拒絕。

翌晨，我們以腸子滴下的水洗臉。當我們即將離開那戶人家時，向指臟子詢問我們欲前往的溫泉地位在何處，她說，大約走上半天便可到達。我們朝指臟子以及那兩個孩子揮手，就此邁步走向溫泉地。

輪變得少言寡語。我主動與她搭話後，她道出驚人之語。

「昨晚我深夜醒來，前往如廁。結果看到孩子們靜靜地坐在土間上。在外頭照進的月光下，可以看見孩子們嬌小的身影。可能是睡不著覺吧，他們朝木箱說話，對著木箱喊『爹』。」

二

指臟子家的水井深不見底。就算往裡頭窺望，一樣看不到水面，只有像潑了墨似的黑暗籠罩其間。往裡頭丟石頭後，無聲持續了好一會兒，接著就在我們都忘了石頭的存在時，才傳來一陣水聲。以水桶汲水時，更是辛苦。連接水桶的繩子非常長，讓人懷疑它簡直可以從村子這頭連向另一頭。投進井中，撈起水的桶子，感覺無比沉重。以指臟子那雙瘦弱的手臂，無法一次拉上井口，途中得休息好幾回。雖說是休息，但繩子始終不離手。一旦水桶掉落，又得從頭來過。之前汲水這件苦差事一直都是由她負責，直到在親戚的促成下，與頭吉郎結為夫妻。

頭吉郎是個擁有健壯體格與敦厚個性的大漢，他甚至能單手抬起指臟子讓她轉圈圈。自從改由頭吉郎汲水後，指臟子便輕鬆許多。每次當頭吉郎以布滿肌肉的雙臂拉著繩索，從井裡汲水上來時，指臟子都在一旁替丈夫加油。

某天，頭吉郎從田裡工作返回，站在井邊沉默不語。

「是不是發生什麼事了？」

「我在想，如果我死了會怎樣。要是我死了，妳就得像以前一樣，不斷從井裡汲水。以妳那纖瘦的手臂，一定很吃力。我想趁現在先想想辦法。」

「我才不要先預想你死後的情況呢。」

「不過世事難料。為了讓妳在我死後一樣無後顧之憂，有沒有什麼可以輕鬆汲水的方法呢？」

「如果有那種方法，大家早就做了。」

頭吉郎不可能留下我們，自己先死。如果有人會先死，那也是天生體質孱弱，容易感染風寒的我。指臟子心裡這麼想。聽說頭吉郎打從出生到現在從來沒生過病。就算吃了腐爛的東西，也不會拉肚子。不管是被狗咬，還是挨毒蟲叮，他連眉頭也不皺一下。再也找不到像他這麼堅韌的男人了。

但這樣的頭吉郎最後卻還是因為落石，一命嗚呼。當時他和幾名村民一同在山腳的田地裡工作，一塊巨石滾落，眼看即將壓垮前來幫忙的孩子們。頭吉郎馬上飛奔向前，一把抱起孩子們，往安全的地方拋去。但他自己無暇逃離，被岩石撞飛，一路打滾。正好當時另一塊岩石朝他頭頂掉落，瞬間從頭上將他壓碎。

村人將頭吉郎的身體扛了回來。他的鮮血一路滴，從他喪命處到他家畫出一條紅線。指臓子和孩子們抱著頭吉郎的身軀徹夜慟哭。孩子們哭累了，就此睡著，指臓子則是在月光下，靜靜把頭枕向頭吉郎厚實的胸膛。頭吉郎橫躺的巨大身軀，宛如一座小山。他已沒有體溫，通體冰冷，指臓子緊貼著他，連自己的身體也跟著變得冰涼，但指臓子還是不願離開他。

黎明前，一陣風吹來，吹得房間的紙門猛烈搖晃。

遠處傳來狗吠聲。

在這寧靜的黎明時分，指臓子聽到那個聲音。

噗通、噗通、噗通……

起初只是微弱的聲響。但接著愈來愈強，從頭吉郎的胸膛深處傳來那聲響，還有震動隨著聲響傳出。緊貼在他胸前的指臓子，她的臉頰和耳朵感覺到頭吉郎心臟的跳動。他的心臟在跳！我的丈夫還活著！她高興地抬起頭來，但頭吉郎脖子以上的部位已被壓碎，根本看不出原本的樣貌。而且身體依舊冰冷，沒半點會起身的跡象。

指臟子請親戚前來，和他們討論頭吉郎的事。親戚們起初並不相信指臟子說的話，但是把耳朵貼向頭吉郎胸前後，個個臉色發白。他們盤起雙臂沉思片刻後，對指臟子說：

「不過，偶爾也會有這種情形吧。因為死得太突然，心臟還沒發現這個事實，仍繼續跳動。指臟子，妳曾經砍過雞頭嗎？要是用斧頭砍下雞頭，牠的身體還來不及發現自己頭已經沒了，會再繼續東奔西跑，跑上一陣子。類似的道理。頭吉郎確實已經死了，他的心臟之後也會發現自己死了，而慢慢平靜下來。」

她打算等心跳停了之後再埋葬，於是讓頭吉郎的身子在屋裡待上幾天。指臟子花了半天的時間從水井汲水，氣喘吁吁地返回家中後，發現頭吉郎的身體四周擺滿了孩子們摘來的野花。不久，頭吉郎開始散發臭味，但把耳朵湊向他胸前，還是可以聽到噗通噗通的聲響。由於頭吉郎的身軀已開始長蛆，所以在親戚和村民們的勸諫下，儘管他心臟仍在跳動，還是把他埋進住家後方。她設了一個小墓碑，並請和尚前來誦經。之後指臟子和孩子們仍不時會把耳朵貼向地面，裡頭彷彿仍傳來頭吉郎的心跳聲。

現在仍在土裡跳動嗎？

丈夫的心跳仍未停止嗎？

某天晚上，她因為很在意此事而輾轉難眠，最後忍不住動手掘墓。腐爛成泥狀，像成團蛆塊的頭吉郎身軀，從泥土中冒出。她把手插進土中，探尋心臟所在的部位，這時，某個噗通噗通直跳的東西碰觸到她的手。是一團堅硬的肉塊。她一把抓住，用力拔出，拂去上頭沾染的東西。那東西的表面散發光澤，上頭映照著月光。那是一顆頗大的心臟，足足有指臟子的三個拳頭那般大。

見指臟子帶回來那顆心臟，孩子們大聲歡呼著「爹」。孩子們把臉貼向心臟磨蹭，那紫紅色的肉像在痙攣般跳動著，孩子們似乎覺得癢。兩個孩子一同拿著那顆心臟，為了今晚要由誰抱著睡而開始爭吵。

最後兩個孩子一同抱著心臟而眠。那是無比安心、柔和的睡臉。指臟子輕輕移開孩子們的手，從被窩裡取出那顆心臟。雙手將心臟包在掌中，就會想起頭吉郎的臉龐，感到心頭一熱。儘管如此，他的身體明明已嚴重腐爛，但為何唯獨心臟仍保有光澤油亮的結實肌肉呢？她想起砍雞頭的故事。這顆心臟總有一天也會發現自己的身體已死，而停止跳動，開始腐爛嗎？

孩子們很黏心臟父親，連吃飯時也非得擺在膝上不可。因為這個緣故，當孩子們打翻碗時，味噌湯不小心灑向心臟。指臟子將心臟泡進桶裡的水中，仔細清洗。味噌湯裡添加的蔥花不小心掉進心臟的孔洞內，不易取出。而心臟泡入水中後，紫紅色的肉塊將水吸進洞裡，然後從另一個洞排水。味噌湯裡的蔥花連同水一起排出，指臟子這才鬆了口氣。

心臟有四個洞。原本應該是與血管相通吧。當中的兩個洞吸水，另外兩個洞排水。每次肉壁鼓起，桶中的水就會形成水流，引來一陣漩渦，浮在水面上的蒽花畫出一道圓。

「娘，我夢到爹呢。」

指臟子在水井旁邊休息邊汲水時，孩子們如此說道。

「爹對我說——我接下來說的材料，你要努力蒐集。有木箱、豬或牛的腸子、縫合用的針線……」

「我也夢到了爹說一樣的話呢，或許娘會以為我在說謊。」

指臟子停下汲水的動作。她鬆開繩子，裝滿水的水桶落向井底，過了好一會兒才傳來水聲。兩個孩子一臉不安地仰望指臟子。

「我是說真的。」

「沒騙娘哦。」

「嗯，娘知道。」

指臟子頷首。前一晚，指臟子也做了同樣的夢。

夢中的頭吉郎指著自己厚實的胸膛說道：

「我想到一個好方法。所以我死後，還是很努力地讓心臟繼續跳動。接下來妳照我說的話去做。這麼一來，就不必再為汲水吃苦了。」

三

這處溫泉地湧出的溫泉，色澤猶如泥水，渾濁不見底。一泡入浴池中，便有股黏滑的觸感緊緊包覆肌膚。一開始頗教人吃驚，但習慣後便覺得通體舒暢。溫泉旅館「濁湯」是一家新的旅館，屋柱的色澤仍透著新意。浴場設著立牌，上頭寫有溫泉的功效。隔著騰騰水氣看上頭的文字，得知這渾濁的溫泉似乎具有治療腰痛、腳氣、痙攣、皮膚病、眼疾、頭痛、蟲叮、頭暈和起身時暈眩、愛哭、宿醉、不安感、掉髮、手指挫傷、脫臼等療效。看了讓人懷疑它是否真這麼神奇，但和泉蠟庵還是將它抄在紙上。

「這應該是旅館老闆為了招攬客人，自己隨便瞎掰的吧？」

泡完女湯返回的輪，一面擦乾她濡溼的頭髮，一面向和泉蠟庵問道。可能是溫泉發揮了功效，她的額頭和兩頰顯得光澤油亮。

「會做生意是件好事。這樣旅館會生意興隆，而我介紹它的書也會跟著大賣。」

和泉蠟庵以筆尖蘸墨，飛快的寫下和溫泉旅館「濁湯」的溫泉有關的事項。當中一行字吸引了我的目光。

「水溫極熱。須以冷水降溫。」

溫泉旅館「濁湯」的老闆娘生性懶惰。就算客人跟她說「這裡沒有水桶，拿一個過來」，她也只是回一句「好，知道了」，卻沒馬上行動。客人為之光火，一再催促，她這才端水桶來。實際打點旅館各項事務的人，是在老闆娘底下工作的幾名年輕姑娘。我對這位懶惰的老闆娘有一份親近感。如果是要比懶惰的話，我自認天下無敵。

傍晚時，我到旅館附近散步，看見老闆娘走進酒家。店門口貼著一張紙，上頭寫著「提供居酒」。這個好！我走進店門，看見正在點酒菜的老闆娘。

酒家有兩種。一種是只賣酒的傳統酒家，另一種是提供量販酒讓客人現場喝的酒家。為了加以區分，後者的店家會在店門口貼上「提供居酒」的紙張。所謂的「居酒」是「久居喝酒」的意思，最近也有人稱這種酒家為「居酒屋」。

我們在酒家的椅子上並肩而坐，同為天涯懶惰人，我馬上便和老闆娘聊開了。

「怎麼啦，耳彥先生，你的酒杯見底了呢。」

「我沒錢續杯啊。」

「怎麼能讓酒杯見底呢。酒錢我來付，來，多喝點。」

果然如我所期待。我再也不必擔心阮囊羞澀，於是接著點酒。我們兩人一邊喝酒，一邊討論這世上有沒有不必工作也能讓銀子入袋的方法。但我和老闆娘的腦袋都不太靈光，討論不出什麼有意義的結果。

「我最討厭的就是從井裡汲水替溫泉水降溫。」

老闆娘口齒不清地說出她的看法。溫泉旅館「濁湯」的溫泉水溫度過高，如果沒摻冷水直接就泡進池中，馬上便會燙傷。如果有小河流經旅館旁，或許就能引水進來，輕鬆降低溫泉的水溫。但以現狀來看，唯一的做法就是由旅館裡的某個夥計負責挑井水，然後注入溫泉中，讓溫泉水降溫。老闆娘似乎很討厭這項工作，總是擱著不管。

「照這樣下去，旅館早晚會關門大吉。」

「可人家也沒辦法啊。從水井裡汲水很累人耶。」

這時我突然想起先前讓我們留宿一晚的那戶人家。

「對了，我曾經見過一種神奇的木箱，可以從井裡汲水呢。要是妳有那個的話，就可以輕鬆讓溫泉水降溫了。」

從井裡吸上來的水，會穿過腸子，經由木箱滴進木桶中，我向她說明其原理。老闆娘一聽到這個話題，頓時顯得興致高昂。

「我想進一步了解那個機關！」

雖然老闆娘一再向我懇求，但我心想，這樣或許會給那戶人家的女主人指臘子添麻煩，因而面有難色。

「這麼辦好了。你待在溫泉地的這段時間，不管去哪家店，酒都隨你喝。酒錢一概由我來付！」

「說這什麼話！妳是想收買我是嗎？妳這女人也太奸詐了吧！」

儘管嘴巴上這麼說，但我還是不自主地說出指臟子家的所在地。我這嘴真是守不住秘密。老闆娘馬上衝出酒家，我則是繼續喝，之後不知又換了幾家店接連著喝。待我醒來時，已是清晨，我人就躺在酒家後方的巷弄裡。我找尋溫泉旅館「濁湯」，返抵住處，並前往溫泉泡湯，宿醉就此全消。上頭所寫的功效，真的一點都不假，令我大為驚詫。這天一直沒看到老闆娘的蹤影，但我一時也沒放在心上，入夜後又跑去酒家待了一整晚。

隔天仍不見老闆娘蹤影，店裡工作的年輕姑娘們開始擔心了，我也漸漸感到不安。我頂著老闆娘的名義四處喝酒，要是老闆娘失蹤，或許帳單會全落在我身上。要真是那樣，我根本沒錢付帳。為了消除心中的不安，我一再地泡溫泉。

四

有人在門口敲門，指臟子應了一聲，前往開門，結果門外站著一名陌生女子。從她的穿著和髮飾，看得出是來自富裕人家。指臟子還沒開口問，女子便已大剌剌地走進屋內，環視土間。女子腳下穿著白色的分趾鞋。

「不知閣下是？」

「我聽說這屋裡有個很有意思的木箱。我想請妳轉讓給我，所以才特地前來。」

從指臟子家走上約莫半天的路程，有一處溫泉地。女子在那裡經營一家溫泉旅館。她從住宿的客人那裡聽說這裡有個會從井裡汲水上來的木箱，因而前來拜訪。指臟子面露為難之色。

「我這裡沒有那種東西。」

「剛才我看過外頭的水井，有白色的軟管，一路從水井連往這屋裡的牆壁。那是什麼？是汲水裝置的一部分吧？當然了，我不會叫妳平白轉讓給我的。」

指臟子斷然拒絕，想請女子出門，但女子打死不退。

「就算只是告訴我機關的構造也行，讓我看一下木箱裡的東西。這機關是誰設計的？請讓我和對方見面！」

「不行！您請回吧！」

「真是的！怎麼會有妳這麼頑固的人！」

指臟子推著女子的背，將她趕出屋外後，關上門。可能是聽到她們的爭吵，孩子們不知何時躲在紙門後，以不安的神情窺望。

「到一旁玩去。」

這時，屋子的牆壁發出咚的一聲，並接二連三發出吵鬧的聲響。她微微打開一道門縫確認，發現是剛才那名女子正朝屋子丟石頭。

「住手！」

指臟子放聲大叫，女子朝她瞪了一眼後，就此離去。孩子們可能是感到害怕，放聲大哭，緊黏在指臟子身旁不肯離去。

當天晚上，指臟子和孩子們一起入睡時，廚房傳來奇怪的聲響。指臟子直覺不妙，急忙鑽出被窩。廚房位於屋子後方，後門敞開著，設在牆上的木箱已不翼而飛。似乎是被人強行拆下，連同相連的腸子一同帶走。

小偷似乎踩到了爐灶裡的炭灰，四處留下腳印。指臟子赤腳奪門而出，在屋子四周找尋。肯定是白天來的那名女子潛入帶走的。木箱位於廚房裡，這件事應該是女子觀察一路從水井延伸而來的腸子所連向的場所而推測得知。

孩子們知道木箱不見了，再度號啕大哭。

「爹去哪兒了？」

面對孩子的詢問，指臟子只能搖頭。不，那名女子說她經營一家溫泉旅館。既然這樣，只要一間一間探訪溫泉旅館，或許就能找到木箱。

「爹去哪兒了？」

孩子們都稱呼木箱為「爹」，因為木箱裡頭裝的是頭吉郎的心臟。那名女子以為這是會從井裡汲水上來的機關，但其實裡頭裝的是丈夫體內的紫紅色肉塊。

「將豬或牛的腸子與我的心臟縫合，裝進木箱裡，而腸子的另一端則是放進水井中。我的心臟會經由腸管汲水上來。我曾經聽人提過心臟的功能，它每次跳動，就會把血送往全身。同樣的道理，應該也能吸取井水送往家中才對。」

頭吉郎在夢中如此說道。頭吉郎的心臟並非尚未發現自己已死，而是在頭吉郎的意志下，為了送水給家人而持續跳動。指臟子和孩子們每天都心懷感謝地喝著從腸管滴落的淨水。孩子們耳朵貼向木箱，聽著裡頭的跳動聲，確認父親在裡頭，露出寬心的神情。就算有人肯出大筆銀兩，也不能交出這個木箱。指臟子準備好要造訪每一家溫泉旅館，以找出心臟。她原本很猶豫該不該帶孩子一起去，但最後還是決定暫時託親戚照顧。

準備完畢後，她與孩子們道別，就此啟程。

她和頭吉郎一起去過那處溫泉地幾次。翻越山路，走過木橋後，飄來一陣硫黃的氣味。山腳多處冒著熱騰騰的白茫水氣。走進溫泉地後，她與前來泡湯療養的人擦身而過，賣禮品的店家櫛比鱗次。她決定依序逐一拜訪溫泉旅館，雖然數量並不多，但有些旅館距離遙遠，所以往來頗為耗時。想要全部查訪過一遍，似乎得花上數日之久。

她前往敲溫泉旅館的大門，與店內夥計交談，描述那名女子的長相。第一天一無所獲。她在一家便宜的旅館投宿，第二天重複同樣的工作。雖然感到心力交瘁，很想就此坐著不動，但一想到孩子們渴望父親歸來的神情，便又重新振作精神。

就在她逐一探訪旅館時，一名望著禮品店瞧的男子身影吸引了她的目光。此人留著一頭長髮，像馬尾般束於腦後。由於留長髮的男性很罕見，所以指臟子對他印象深刻，是不久前曾供他們過夜的三名旅人當中的一位。對了，那個女人說她是從旅館住宿的客人那裡聽聞木箱的事，那不就是他們將木箱的事告訴那個女人嗎？

「請問……」

她出聲叫喚，男子回過頭來。

「啊，妳是當時那位……我記得妳叫作指臟子對吧？前幾天受妳照顧，真是辛苦妳了。今天妳是來泡溫泉嗎？」

男子見指臟子的神情，似乎已察覺有異，露出詫異的表情。指臟子開門見山地詢問。

「您是否曾將木箱的事告訴過某人？」

「木箱？妳是指那個神奇的木箱對吧？不，我沒跟任何人說過。」

這時，一名長得很面熟的女孩走來。

「蠟庵老師，原來你在這兒啊。」

「被妳發現了。」

「來，快點回房間接著寫旅遊書的後續吧。旅行結束後，馬上就要出版。」

「這未免也太急了吧？」

「這種事就得愈快愈好，因為搞不好明天這裡的溫泉就乾涸了也說不定。書上的內容要是太過老舊，按圖索驥展開旅行的人不就會很傷腦筋嗎？」

女孩這才發現指臟子的存在。

「咦？妳不是之前那位……？」

指臟子向她行了一禮。這名長髮男子名叫和泉蠟庵，似乎是位旅遊書作家。是為了寫介紹溫泉地的書籍，才來到這裡。

「這裡的溫泉我已有大致的了解，也差不多該回市鎮動筆寫作了，不過因為有些原因，無法離開旅館，所以才會被迫關在房間裡寫書。」

「我明明監視著你，不讓你逃脫，但你到底是怎麼逃出來的？」

那女孩名叫輪，據說是出版商的夥計。

「好了，老師，請回旅館寫書吧。趁著被旅館禁足的這段時間。」

「讓我享受一下旅行的樂趣，有什麼關係嘛。妳也去泡泡溫泉吧。雖說是被禁足，但老闆娘應該很快就會回來的。」

「您剛才提到老闆娘？」

「是啊。那位老闆娘不知道跑哪兒去了，一直都沒回來。」

和泉蠟庵加以說明。

「我雇來扛行李的男子，好像在這處溫泉地欠了一大筆債。我們不是還有另外一名同伴嗎？就是一臉窮酸樣，掛著兩顆黑眼圈，活像窮神的傢伙。他名叫耳彥。他說旅館的老闆娘說好要替他付酒錢，所以卯起來喝酒。但那位老闆娘不知去哪兒了，一直沒回來。酒家向旅館討耳彥的酒錢，但在旅館工作的年輕姑娘們不認帳。她們說，在向老闆娘確認耳彥說的話是否屬實之前，不能付這筆錢，所以我們現在還在這處溫泉地等老闆娘回來。」

輪站在他身旁，雙臂盤胸，滿面慍容。

「真是受夠耳彥先生了。蠟庵老師，我們把他留在這兒吧。」

「這或許是個好主意哦。」

「請問……」

指臟子戰戰兢兢地詢問他們投宿的是哪家溫泉旅館，得知他們目前住的溫泉旅館名叫「濁湯」。詢問長相後發現，造訪指臟子家的，似乎就是那位老闆娘，特徵全部一致。老闆娘失蹤，與女子造訪指臟子家，也是同一天。但老闆娘沒回旅館，到底跑哪兒去了呢？指臟子為此腦中一片混亂，這時，和泉蠟庵向她問道：

「妳是不是遇上了什麼問題？願聞其詳。」

指臟子決定向他坦言一切。

結果當天問題便解決了，也發現了那名女子。

五

有客人抱怨，溫泉水太熱，無法浸泡，還說希望能摻入冷水降溫，否則會燙傷。溫泉旅館「濁湯」的夥計們全都穿著同樣顏色的服裝，我也不例外。我假裝沒聽到客人的抱怨，行色匆匆地在走廊上來來回回。其實我什麼事也沒做，只是裝忙而已。不久，我偷懶的事穿幫，開始代理老闆娘管理溫泉旅館「濁湯」的年輕姑娘，將我狠狠訓了一頓。

「你這個樣子，我不能付你工資。請好好工作！」

「工作……這是我最不愛聽的字眼。」

「你是在開玩笑嗎？我們老闆娘因為你的關係……！」

「我就只是告訴她木箱的事而已。我萬萬沒想到她會動手偷，她那樣是自作自受。」

雖然我嘴巴上這麼說，但我並非覺得自己完全沒有責任。

「知道了啦，我會好好工作。要是不快點還清酒錢，對蠟庵老師也過意不去。」

我的酒錢，最後是由溫泉旅館「濁湯」代墊。因此，我得在旅館工作還錢，而和泉蠟庵和輪也得暫時在這處溫泉地逗留。由於旅行的時間拉長，花費也跟著增加。每次遇上輪，總免不了挨她責罵。

「妳乾脆就用旅行經費幫我出這筆酒錢不就得了嗎？這麼一來，我們也能早點回去，還能省去追加的住宿費，這樣收支剛好打平。」

雖然我如此提議，但行不通。在我眼中，輪這個女孩就像惡鬼一樣。

蠟庵老師依舊是一派氣定神閒，正在享受這意外的長期滯留。他四處逛禮品店，一會兒走進水氣中，迷了路，不知消失在何方。一會兒又突然返回，窩在房間裡不知在寫些什麼。

「那位老闆娘之所以會死，或許也該說是她平時工作怠惰所造成。耳彥，勸你也要多加警惕，別步上她的後塵。要好好工作，把債還清。」

為老闆娘舉辦喪禮時，和泉蠟庵對我說道。

發現老闆娘時，我也在場。

「老闆娘，妳在哪兒呀！」

放聲叫喚，最認真找人的，就屬我了。因為老闆娘要是沒回來，酒家很可能會轉而向我討酒錢。附近村莊的居民、旅館裡的夥計、和泉蠟庵和輪，全都一起在路上找尋老闆娘。指臟子也和我們一起找。聽指臟子陳述得知，老闆娘為了得到那只木箱，似乎去過她家，但不知為了什麼原因，一直沒返回溫泉地。是在返回的路上迷了路，還是遭到襲擊呢？我們大批人馬在溫泉地到指臟子家的這段路上展開搜索。

「喂——！在這邊！」

在山路上，一名村人扯開嗓門叫喚。我們前往一看，發現有個像木箱蓋子的東西掉在叢林裡。指臟子確認是那個木箱的蓋子沒錯。道路有一側是近乎斷崖的陡坡，往下窺望，發現樹枝有不自然的斷折痕跡。老闆娘該不會是在這裡打開木箱確認裡頭的東西吧？關於木箱裡的東西，我們已經聽指臟子提過。老闆娘可能是目睹木箱裡的東西後，大吃一驚，腳下一滑，滾落斜坡。

我們走下斜坡找尋老闆娘，一面叫喚她的名字，一面撥開樹叢前行，這時傳來一個奇怪的聲音。

噗咻、噗咻……

卡滋、卡滋……

噗咻、噗咻……

卡滋、卡滋……

來到看得到的地方後，指臟子緊摀著嘴。無數隻野狗將老闆娘咬得支離破碎。眾人趕跑野狗，和泉蠟庵仔細檢視老闆娘的身體。

「似乎是滾落斜坡時傷了腳。樹枝插進她的腳，還造成大量出血。」

「那些狗又是怎麼回事？」

「應該是被鮮血的氣味引來的吧。有丟石頭想趕跑牠們的痕跡。」

空木箱掉在樹根旁。

噗咻、噗咻……

那滿含水氣的聲響，就從上方不遠處傳來。樹枝上掛著紫紅色的油亮肉塊。每次肉壁收縮，縫在它上頭，一路垂落地上的白色腸子前端便會發出聲音。

噗咻、噗咻……

似乎是滾落斜坡時，從木箱裡飛出，卡在樹枝上。它垂著兩條腸子，較長的一端就位在老闆娘身旁。四周瀰漫著一股血腥味。叢林裡的樹葉、樹幹，到處都有血花乾掉後的痕跡。看來，那顆心臟將老闆娘身上流出的血吸往高處，往四周灑落。和泉蠟庵說，野狗應該就是被順風飄散的血腥味引來的。

噗咻、噗咻……

由涇轉乾的鮮血，仍殘留在腸子前端，每次心臟跳動都會發出聲響。指臟子朝掛在樹枝上的心臟伸長手。將它包覆在手掌中後，指臟子露出安心的表情。在這處血腥味瀰漫的陰慘場所，眾人皆沉默無語，靜靜注視著她和那顆心臟。

之後的事，是從傳聞中得知。聽說指臟子再婚，過著幸福的日子。

還清酒債，重新踏上旅途的我們，數年後再度經過那處溫泉地，前往造訪溫泉旅館「濁湯」。店內的夥計告訴我們那件事。

那是指臟子的孩子們有了新父親後不久的事。那顆不斷從井裡汲水的心臟，終於停止跳動。它的心跳愈來愈弱，最後在一家人的手中完全靜止下來。聽說那顆不可思議的心臟，最後終於得以安葬墓中。

星星和熊的悲劇

一

在亂世轉為太平盛世前，各國之間的連結道路並不完善，目的是為了不讓他國輕易來犯。但自從天下一統後，為了讓傳令能遍及各個角落，而開始整頓幹道。藩國之間緊密相連，迎接方便人們展開旅程的和樂盛世。有愈來愈多人認為，一生好歹也該有一回，花上數月的時間，前往神社寺院參拜。乘參拜之便，造訪各處溫泉，也品嘗當地特有的食物。對這樣的人來說，和泉蠟庵的旅行書是最適合的旅遊指南。書中寫有前往神社寺院的方法，以及在那裡應有的禮儀。

「蠟庵老師的書，都是託神佛的福才會那麼暢銷。人們拜神、祈禱，求神指點迷津，所以才會下定決心遠離自己所住的市鎮或鄉村，出外旅行。如果不是這樣，根本沒人會買旅遊書。」

我走在山路上，說出自己心中的想法。走在我身後的少女做出回應。她的名字叫輪。

「參拜或許只是藉口，有人是對溫泉和珍饈滿懷期待呢。」

「我想說的是，不論哪個時代，人們都渴求神佛的庇佑，想得到救贖。只要將這些人想看的故事寫進書裡就行了。老師，你不這麼認為嗎？」

我對走在我前頭的長髮男子說道。

「那麼，下本書就來寫釋迦牟尼說法吧。」

和泉蠟庵算是我的雇主，雇我當扛行李的苦力。他要寫旅遊書時，刻意前往各地參觀神社寺院，一再反覆浸泡溫泉。但現在他面臨了兩個難題。一是書本銷量下滑。如今市面上流通著各種旅遊書，雖說旅遊已成為庶民娛樂，但每年多次出遊的人畢竟仍是少數。大部分人都是花上數月的時間前往遠方的神社寺院參拜，以此作為一輩子的回憶，珍藏心中。所以旅遊書只要有一本便足矣。鄰居之間只要有一本，便可父傳子，子傳孫。想要頻繁出版，暢銷大賣，可沒那麼容易。

「市場似乎已經飽和。不過算了，也沒什麼大不了的。」

和泉蠟庵仍舊是一副氣定神閒的姿態。倒是一同旅行的同伴輪，顯得憂心忡忡。這女孩是委託和泉蠟庵寫旅遊書的出版商派來的夥計。

「請你有點緊張感好嗎？要是書賣不出去，出版商也沒辦法出旅費。」

我走在上坡路段，豎起食指。

「有了！老師，你只要在旅遊書的書末介紹各地的鐵火場，這樣就行了。」

鐵火場即是賭場。在旅途中，我常為了賭骰子而四處找賭場，但話說回來，這是個嚴禁賭博的世道，當然不可能公然設立賭場的招牌。後來是在一處破爛的巷弄裡，我主動跟一名像賭客的男人搭話，他才告訴我賭場的所在地，但過程出奇麻煩。

「怎麼可能寫在書裡，會挨罵的。」

輪態度冷淡地說道。

「鐵火場是吧？我完全沒想到。讓賭客們也來買旅遊書，或許也是個辦法呢。」

「蠟庵老師，你該不會是說真的吧？」

「真正衷心期盼有神佛存在的，或許反而是這些人。人們常說賭賭運氣，這好像也是源自於賭博。」

和泉蠟庵停下腳步。他前方是條岔路，一邊是上坡，另一邊是下坡。我們看著彼此的眼睛，不發一語地頷首，選擇下坡那條路走。四周滿是蓊鬱的樹木，隔著枝葉看到的天空，是一片灰濛。

猛然回神，發現我們正在上坡。斜坡是從什麼時候由下坡改為上坡呢？沒人知道那一刻是什麼時候發生的，就這樣不知不覺地走上上坡。我們嘆了口氣。和泉蠟庵面臨的另一個難題，就是這個。這座山似乎只有上坡路段。

我們並非要翻越這座山。我們只是又像平時一樣迷了路，誤闖這座山。希望能早點走下山麓，前往我們想去的溫泉地。好想浸泡在溫熱的浴池裡，伸展雙腳，之後再喝個小酒，然後鑽進被窩睡覺。不過，自從走進這座山後，一路上一直都在上坡。儘管想找下山的路，但走沒多久又成了上坡。一開始我們心想，那乾脆往回走吧。因為上坡路段一路綿延，所以順著來時路往回走，應該也是一路綿延的下坡才對。但說來還真奇妙，當我折返時，竟又是上坡路段。

這世上的上坡路和下坡路，理應是一樣多才對。問題在於身處的位置。同樣的東西，隨著視點的角度不同，稱呼方式也會跟著改變。但這個道理卻無法套用在這座山，因為它只有上坡路。我們心中一沉，心想，又要白費力氣了。和泉蠟庵的路癡本領，總是會帶著我們闖入稀奇古怪的地方。輪開始莫名其妙地發火。

「這都要怪耳彥先生平時素行不端……」

「別拿我出氣啊。我又做了什麼？」

「因為你都隨便拿地藏王菩薩的供品來吃。」

「總比放著讓它發酸好吧？」

我們試著離開道路，走進叢林中，朝山腳的方向而去。結果卻和走在道路上的情況一樣，下坡馬上又變成了上坡。我們從叢林的中斷處發現一個可以俯瞰山麓的地方，就筆直地往那方向走，結果視野又被樹木遮蔽，再度失去方向，不知不覺間，又被迫往山上走。覆滿天空的灰雲愈來愈貼近。若是繼續這樣走下去，肯定會來到雲端之上。接下來這座山會一路連往何方，尚屬未知。空中始終有厚厚的雲層凝聚不散。不知道這座山究竟有多高，在叢林的阻礙下，看不見山脊線，所以它仿如從地表隆起，一路連往天際。

不久，我們來到一處平坦的場所。上坡路暫且消失，改為寬廣的台地，一整面都是低矮的橘子樹。這不像自然生長，而是像有人刻意種植，橘子樹之間保有固定間隔。風中參雜著一股清香。我摘下一顆橘子，馬上送入口中，那酸甜的汁液頓時令人重振精神。

橘子樹的枝葉前方，隱約可以望見幾戶人家的屋頂。是村莊。似乎有人住在此處。一道像是從爐灶升起的炊煙，從茅草屋頂升向天空。我們朝村莊走去。

這是一座荒廢的村落。雜草叢生，掩沒倒塌的石牆。第一位遇見的村民，是坐在陰涼處的老翁。他身上穿的不像衣服，反倒像破布。蠟庵代表我們向前詢問：

「我們是一群旅行者，誤闖這座山，正在找尋下山的路。請問您知道該怎麼走嗎？」

老人以茫然的眼神抬頭望向蠟庵，飛蟲在他頭頂上方盤旋。我原本很擔心會不會語言不通，但最後證明是我杞人憂天。老翁搖了搖頭，以出奇沉穩的聲音回答。

「沒有出路了。誤闖進這座山的人，只能死了這條心，終生在此悲嘆。」

他們是一群放棄找尋通往山腳的道路，在此棲身的人。這座村莊就是這樣建立。我們與老翁交談時，村民們紛紛從屋內露面。他們個個面黃肌瘦，站得遠遠的觀察我們，一臉哀戚。上從老人，下至孩童，各種年齡層的男女皆有，但每個人身上都披著破布，因為沒有商人會到這裡來販售新衣。因為沒有血緣關係，他們個個都長得不一樣，沒人長得相似。這座村莊的居民當中，沒有家人，全都是誤闖山中的獨身人。我們決定先找尋今晚的歇腳處。老翁指著一家破舊的屋子說道：

「那裡空著，你們可以使用。之前住那裡的男人，不久前已經不在了。」

「不在了？」

「他去採香菇，結果一不小心走進斜坡處。這座山不可能往下走，所以他再也無法返回村裡。一開始還聽得到他的聲音從斜坡上方傳來，但不知過了多久，再也聽不到他的聲音，也不知現在是生是死……」

這山還真麻煩。總之，最好還是別誤闖斜坡比較好。我們向老翁道謝後，走向那間空屋。那間屋子蓋在一個雜草叢生處。牆壁似乎是在樹枝組成的骨架塗上黏土所做成。屋頂是茅草鋪成，僅用樹皮綁在橫梁上。和泉蠟庵盤起雙臂，朝屋子的構造端詳良久。

「沒有任何地方用到釘子。也看不到加工製成木板狀的木材。」

屋內有石塊拼湊成的簡陋爐灶，除此之外別無他物。地上連木板也沒鋪，睡覺時只能直接睡在平坦的地面上。我們搬來許多枯草，直接躺在上頭。和泉蠟庵不知跑哪兒去了，可能是去找尋下山的路吧。輪向村民請教哪裡有泉水。她以像是用植物葉子編成的水桶裝水，然後以石頭削木片製成的木碗喝水。

「喂，輪，給我杯茶。」

「請等一下。我接下來要燒開水。這個村子好像沒有鐵鍋，所以得這麼用。」輪在爐灶上燒熱石頭。待石頭充分燒熱後，將裝水的水桶拿到爐灶旁。以木棒將石頭丟進桶裡，會發出滋的一聲，開始冒泡，水就此沸騰。我決定幫她備好茶葉。輪向來都將茶葉放進行李中，隨身攜帶。在旅途中買來的好喝茶葉，輪都細心保存。但我一時手滑，撒落一地。

「用不著這麼生氣嘛。」

輪想用手上的熱水潑我，我衝出屋外，決定到村裡散步。

枯瘦的村民坐在橘子樹下。他們就像完全沒了力氣，雙手抱膝，那模樣令我有種親切感。因為賭輸錢的人常在賭場前這麼做，而且我也常會這樣。我從他們面前走過，他們發現我是剛來的旅人後，以有氣無力的表情向我行禮。擺在屋子旁用來砍柴的斧頭，斧刃不是鐵製，而是磨尖的石頭。這座村莊沒有打鐵舖。也沒人可以交換鐵器。

「有地方可以喝酒嗎？」

我向村裡的女人詢問。她穿著破破爛爛的衣服，忙著撿拾果實。是位骨瘦嶙峋的老婦。

「這裡沒有那種地方。」

老婦似乎再也按捺不住，開始低聲嗚咽起來。我問她怎麼了。

「因為這裡實在太痛苦了。我想見我孫子，我想要回家。」

老婦一邊拭淚，一邊撿拾果實。

我發現一條小河，腦中馬上靈光一閃。水向來都是從高處往低處流，如果是順著小河往下游走，會是怎樣的結果呢？於是我試著走向水流的方向。但來到村莊外圍時，發現有一處淤積的池水，小河來到那裡便斷了去路。池水一片幽暗，地面泥濘。我以食指撈起泥巴，感覺像是黏土。屋裡的牆壁應該就是用它糊成的。

猛然回神，發現池畔邊有一道人影。是名女子。她留著一頭長髮，膚色白皙，一時間我還以為是鬼魂，但似乎不是。女子一發現我，為之一驚，露出提防之色。

「我是一位旅人……」

我如此說道，就此停步。我從沒見過這麼美的女人。雖然她的穿著髒汙，但看起來還是覺得彷彿從體內透出淡淡的亮光。在積淤的池子外緣，女子不知如何是好地顫動她長長的睫毛。當我向前與她縮短一步的距離，她旋即像受驚的松鼠般，逃得遠遠。

二

沒人知道下山的路。我們決定暫時留在村內，找尋離開這座山的方法。那是第三天早上發生的事。一早我因麻雀的叫聲而醒來，從只鋪著枯草的床鋪上起身，伸著懶腰走向屋外。我正打算到屋後小解時，發現成排橘子樹那裡聚集了許多人。我前往一看，發現村民們全聚在一起，雙臂盤胸的和泉蠟庵和輪也在。

「怎麼了？臉色這麼凝重。」

眾人的目光皆投向落在地面的一個約拳頭般大小的糞便。原來是這麼回事，我環視在場的村民。

「喂，到底是哪個傢伙在這種地方拉屎？快出來自首。」

輪露出一副受不了我的神情，我反倒慌了。

「拜託，別用那種眼神看我嘛。不是我幹的。」

「我知道。你這個人可真麻煩。」

「這麼說來，知道是誰幹的嘍？」

「嗯，大概知道。那不是人，所以大家才會聚在這裡。」

和泉蠟庵檢查糞便後說道：

「是肉食性動物。照這樣的大小來看，有可能是熊。」

其他人也表示同意。聽說這村莊不時會有熊出現。牠們和人一樣無法下山，所以一面徘徊，一面前來找食物吃。每次村民都得隱藏氣息，躲在家裡靜靜等候熊離去。如果沒事發生，熊就會走上斜坡，再也不會回到這個村子來。

有熊出沒的消息，馬上便在村裡傳開。向來在路旁哭哭啼啼的老婦，臉上浮現驚恐表情，逃回自己的住處。村裡僅有的幾名孩童，都以老婦人當母親，緊緊抱著她，一臉不安。在這個村莊，多名沒有血緣關係的人合住同一間民宅。他們開始朝屋內的牆壁和門口架上樹枝，然後鋪上落葉，看起來宛如一座枯枝疊成的小山。應該是打算藉此障眼法，讓熊通過時不會發現。一位名叫藤吉的男子望著他們的行徑，主動與我搭話。他就是我們到這座村莊來時，第一位與我們交談的老翁。

「你見過被熊咬的人嗎？那模樣真的很慘。那已是很久以前的事了，我把對方散落四處的手腳湊在一起，埋進土中。」

藤吉身上散發惡臭，頭頂總是有飛蟲盤旋。基於某個原因，我與他特別親近。他住在村郊的一間房子裡，和另外三人同住。當中有兩人同樣也是老人，而另一位則是名年輕女性。名叫湧水，就是我在池畔見過的那位容貌秀麗的女子。

湧水一手包辦照顧這三位老人的工作。她與這些同住的老人們似乎沒任何親戚關係，但湧水待他們無比親切，猶如對待自己的祖父母般。先前在池畔遇見她時，她對我滿是提防，最後還轉身就跑，不過和老翁在一起時，她還會向我點頭致意。我就是因為這樣，才和這位臭藤吉閒話家常。只要能和藤吉拉近關係，肯定能讓湧水對我有好印象。

「我說藤吉啊，如果需要男丁幫忙，隨時都可以跟我說一聲。不論是劈材還是其他工作，我都能幫忙。就算要我和你們同住，就近照顧你們也行哦。」

其實我壓根不想照顧老人，但只要能和湧水同住，我可以屈就。這些老人已來日無多，過沒多久就會死了，到時候那屋子就只剩我和湧水兩人。如果一輩子都無法離開這座山的話……

今天湧水沒來，所以我決定早點返回住處。和泉蠟庵和輪也忙著將住處布置成像枯枝疊成的小山。枝葉疊得老高，幾乎都快遮住門口了。聽他們兩人說，熊的鼻子比狗還靈，不確定牠會不會就此從旁走過，而沒察覺。不過，如果熊靠近住處，應該會踩斷樹枝發出聲響。這樣好歹能察覺熊正朝我們靠近。他們兩人忙著布置，我則是朝一旁坐下嘆氣。

「耳彥先生，你也來幫忙吧。」

輪朝我頭頂倒下一大堆落葉。

「別這樣，都掉進我背裡了。」

「你在想酒和骰子嗎？」

「不是。」

「不然是在想湧水小姐對吧？」

「沒錯。我在想，要怎樣才能吸引她的注意。」

「勸你別再想了，這樣湧水小姐太可憐了。」

和泉蠟庵似乎也同意她的說法。

「就是說啊，耳彥，你還是死心吧。你想害人家陷入不幸嗎？」

「你們到底把我當什麼啊。」

這村裡住著二十名村人，當中也有幾名年輕男子。他們當中應該也有人暗戀湧水。不過，湧水完全沒搭理他們，而她似乎也尚未有屬意的對象。聽藤吉說，湧水不善言辭，而且生性害羞，所以一看到年紀相當的男子就跑。實屬可惜。

和泉蠟庵一面提防熊的來犯，一面調查這座山。他從早到晚都盯著浮雲看，觀察鳥和昆蟲，將發現的事記下。聽蠟庵說，風也是從山腳往山頂吹，從沒倒著吹過。也沒看到鳥往山腳的方向飛，倒是有回不了巢的鳥兒一副不知所措的模樣，一面繞圈，一面往山頂的方向飛去。昆蟲也一樣，從山腳的方向來，然後往山頂的方向消失。但不知道頂端會是怎樣的情形。那裡一直都籠罩著厚厚的雲層，不曾散過。我益發覺得，雲層裡該不會也是一路往上的上坡路吧。因為這是一座沒有下坡的怪山，就算真有這種情況也不足為奇。

蠟庵一面探尋下山的方法，一面傳授村民各種知識。例如用黏土燒製優質容器的方法，並製作燒陶用的窯。輪得知從村裡部分的地面能採取到鐵砂，教導村民們熔解鐵砂煉鐵的方法。她還召集村裡的男丁，開始以黃土建造火爐。

「妳為什麼知道這些事？」

「我曾在踏鞴待過。」

輪無比懷念地說道。踏鞴是煉鐵的地方，如果這村莊能煉鐵的話，就不必再用石器了。學識淵博的和泉蠟庵和輪，現在備受村民倚重。村民們常問他們能食用的菇類、山菜、蔬菜的栽種方法。另一方面，也有人當我是沒用的傢伙看待，但我一點都不在意。看有誰無所事事，我就用自製的骰子和對方賭博，以橘子代替錢幣賭骰子。廣場馬上變成了賭場。村裡的男子對我說：

「你們總有一天會離開這個村莊吧。」

「因為這裡沒有酒。而且蠟庵老師也得寫旅遊書才行。」

「耳彥，你離開這裡是無所謂，但我們希望其他兩人能留下。」

大家異口同聲地說「沒錯、沒錯」，頻頻點頭。我抱怨了幾句，眾人聽了之後哈哈大笑。我已能分辨這二十位村民，名字也都已牢記腦中。誰住在哪間屋子，我已都大致掌握，也很熟悉這裡的道路，就算閉上眼睛也能回到自己床上。

我後來也得到和湧水聊天的機會。我聽說和她同住的老婦人咳嗽不止，於是便找和泉蠟庵商量，他聽完後給我一帖煎藥。

「請帶去給她吧。」

我向他道謝，前往湧水和老人們的住家。站在門口的湧水一臉疲態，但美貌依舊不減分毫。她臉上形成的暗影，為她增添幾分性感。湧水餵老婦人服用煎藥。原本一咳嗽就會露出痛苦之色的老婦人，表情變得舒緩許多。我問他們有沒有其他需要幫忙的地方，他們請我代為撿拾薪柴。我馬上在房子四周蒐集可燃的樹枝。較大的樹枝，得用石斧劈細才行。

我用腳踩住樹枝，掄起雙手握的石斧劈下。因為一點都不鋒利，看起來就像是在敲斷樹枝一樣。而在砍柴的過程中，由於石斧太沉，我一時重心不穩，跌了一跤。一時不小心打到膝蓋，我強忍著不讓淚水淌落。這丟人的一幕被湧水給瞧見了。見她一臉擔心的模樣，我故意逞強道：

「哈哈，我是故意的。我最擅長砍柴了。說到砍柴的工作，就非我莫屬。」

湧水不知所措的神情，微微泛起一抹微笑。

「謝謝您。我比較有精神了。」

湧水返回家中照顧那位老婦人。望著她的背影，我一時看得出神，這時藤吉老頭出現，擋住我的視線。他還是老樣子，頭上一直有揮之不去的飛蟲。

「閃一邊去，臭老頭，這樣害我看不到湧水。」

我不自主地說出心裡話。藤吉搖了搖頭，來到我面前。

「你喜歡那孩子的事，我早看出來了，不過，像你這麼沒毅力的人，我不能把她交給你。況且，你們早晚也會離開這個村子吧？」

「以後的事，我沒想那麼多。」

「真是服了你……」

我當著藤吉的面，不發一語地揮動石斧，搬運成綑的薪柴。藤吉告訴我，湧水出身於重門第的商賈之家。父母強迫她嫁人，她便逃家，誤闖入這座山中，因而無法離開這裡。老人們一直都祈求湧水能得到幸福。

「我明白，我能讓她得到幸福。」

老人對我的話置若罔聞。就在這樣的田園生活下，我們對熊的戒心逐漸鬆懈。不過，災難往往發生在這種時候。

深夜傳來一聲悲鳴，同時夾雜著拆毀牆壁的聲響。我們彈跳而起，在黑暗中往外窺望，但什麼也看不見。我屏息細聽，聽見孩童的哭聲。

「我去看一下。耳彥、輪，你們待在這裡。」

蠟庵獨自走出屋外。過了一會兒，他牽著孩子的手返回。他身後跟著那名充當孩子們母親的中年婦人，他們個個神色驚恐，所幸沒人傷亡。我們緊挨著彼此，蜷縮在屋子深處，直到天明。

待天亮後才知道災情有多嚴重。孩子們和中年婦人住的房子已泰半傾毀。以黏土塗成的牆壁崩塌，四分五裂。孩子們和中年婦人仍清楚記得昨晚發生的事。半夜孩子起床說想小便，於是婦人帶他到屋外，結果與熊撞個正著。聽說那巨大的身軀，宛如一座小山。他們馬上逃進屋內，但熊緊追在後。

熊搗毀牆壁，爪子勾中一團衣服，注意力轉往衣服上，拿在手中把玩了好一會兒。那件衣服是孩子們已故的親生母親留下的遺物。所以他們趁熊注意力轉往其他地方時，鼓起勇氣一把抓住那團衣服，衝出屋外。之後遇上和泉蠟庵，逃離了熊的追趕，這便是昨晚發生的事情始末。

村民們幾乎全都聚在廣場上討論。湧水和老人們一起站在角落，眾人皆是鬆了口氣的神情。因為天明後，熊已不在村內。眾人惴惴不安地四處巡視後，發現池畔的泥濘上留有熊的腳印，熊已消失在森林深處。如果不會再回到村裡就好了，但和泉蠟庵卻始終臉色凝重，很嚴肅地對村民們說：

「如果熊沒走上斜坡，而是還在和村裡一樣平坦的地方遊蕩，那就危險了。下次遇上時，牠可能會毫不猶豫地攻擊人。」

「老師，你說這種話，大家會害怕的。你可有根據？」

我問蠟庵。他望著村民。

「熊其實出奇地膽小。就算遇上，也不會馬上展開攻擊。但這次情況有點不同，熊恐怕已將我們當敵人看待。」

據他所言，熊一旦對某個東西產生興趣，就非帶走它不可。如果有人當面將牠玩的東西拿走，熊似乎就會把人類當作非除去不可的對象。

這是昔日某位旅人遇上熊的時候發生的事。那名旅人一時驚慌，裝有私人物品的包袱掉落地上。結果熊開始玩起包袱來。旅人一度趁熊轉移注意時成功逃脫，但當時卻帶著包袱一起跑。結果熊一直對旅人緊追不放，最後將他活活咬死。

昨晚熊一直在把玩那團衣服，結果卻被人當面搶走，或許牠會認定人類對牠有害。村民們紛紛望向緊抱母親衣服的孩子們，而那名充當他們母親的中年婦人，則像在保護似的，緊摟著他們，向眾人低頭道歉。村裡最血氣方剛的男子，一把揪住其中一名孩子的胸口。

「都是因為你們拿走這什麼破爛衣服！就讓熊盡情地玩不就好了嗎！」

孩子因害怕而哭泣。其他村民開始制止男子，輪也擋在男子與孩子們中間。二十位村民鬧成一團。「都是孩子的錯」、「孩子沒錯」、「現在還不知道熊會不會回來，沒必要為此吵架」，眾人你一言我一語地喊出心中的想法。蠟庵對於自己的發言造成這樣的紛亂，顯得頗為歉疚。

「一起來祈禱吧。祈禱熊不要恨我們，雖然牠已走上斜坡去了，但我們還是應該趁現在做好最基本的準備。」

和泉蠟庵說完後，把輪喚來身邊，開始與她竊竊私語起來。

三

要全方位地在村裡緊急設置足以阻擋熊潛入的堅固柵欄，是不可能的事，但也不能束手無策，坐以待斃。和泉蠟庵開始召集有體力的男丁在地上挖陷阱。在沒有道具的狀況下，儘管挖了半天，卻只挖出深度及腰的坑洞。

如果熊出現的話，就把牠趕往斜坡去，如何？有人想到這個點子。只要把熊趕上斜坡，因為這座山的緣故，牠恐怕就不會再回到村裡。但要怎麼趕呢？面對一個不費吹灰之力就毀了屋子牆壁的對手，要怎麼驅趕？男子們點燃火，準備火把。如果拿火對著熊，或許就能驅趕。

孩子和女人們雙手握著木頭敲打發出聲響，同時練習大聲喊叫。只要發出巨大的聲響，熊或許就會產生提防而遠離。

這時，和泉蠟庵和輪在家中整理行李。

「你們在幹什麼？」

「耳彥，我們一直在等你來。我有件事想問你。你要留在這裡，還是要跟我們一起走？」

和泉蠟庵望著我說道。他們兩人幾乎都已做好出門旅行的準備。我為之愕然。

「老師，我真是錯看你了。輪，妳打算逃離這裡對吧？」

「沒錯，我們是打算逃。對吧，老師。」

輪毫不羞慚地點頭承認。竟然有這麼卑鄙的心態，太可怕了。我向蠟庵逼問道：

「竟然在熊有可能來襲的時候逃走，你不管這個村莊的死活嗎？」

「你別誤會。我確實是要逃走。不過，這是為了救這個村莊。我打算不告訴村民這件事，自己這麼做。等下次熊到村裡來的時候，我們就充當誘餌吧。」

目前還不知道靠火和聲音能否成功驅趕那頭熊。熊可能會不當一回事，向我們襲來。如果這樣，我們就充當誘餌，讓熊追著我們跑，然後前往上坡處。如果熊來追我們，因此跑上斜坡，那村子就能平安無事。再來我們只要自己能逃脫就行了。這是和泉蠟庵的想法。

「可是，這也太危險了吧？離開村莊後，能否逃脫還是未知數。」

「我知道。」蠟庵道。「我知道。」輪也跟著道。

「原來是這麼回事。那我留在這個村子裡，請兩位把那頭熊帶走吧。後續就麻煩兩位了。」

「回答得真快……」

「那還用說。」

我對雙手一攤的輪如此說道，走出屋外。多棒的提議啊。託他們兩人的福，這個村子一定會平安無事。我走在村子裡，滿腦子想的都是湧水。如果將他們兩人和湧水擺在天平的兩端，我會向湧水傾斜也是理所當然的事。之前我也曾想過要離開村子，但冷靜下來細想後，覺得這樣才是正確的選擇。我應該能帶給她幸福。我之前對藤吉說的那番話，可不是在開玩笑，我有明確的理由。首先，酒這種東西堪稱是一種毒，但這村子沒有酒，所以無法喝得酩酊大醉，我應該會變成一個正經人。而且這裡也沒賭場，我不會欠債。這麼一來，顯而易見的，我將成為一位好丈夫。再來就只剩讓她對我多些了解了，不過，這應該不成問題。她應該也很喜歡我才對，否則她不會對我露出微笑。

女人和孩子們聚在村莊的廣場上敲打樹枝，大聲吼叫。起初發不出整齊劃一的聲音，但現在他們一同敲打樹枝，齊聲叫喊，感覺就像某種慶典一樣。湧水也在其中。只有她顯得鶴立雞群，容貌脫俗。相形之下，其他女人簡直猶如牛蒡或地瓜。湧水的手腳修長，肌膚白皙如雪。我打算當面問她，願不願意和我長相廝守。我知道她的回答會是什麼，但這還是需要一點勇氣。

經這麼一提才發現，沒看到那些老人。可能是在家裡休息吧。在取得湧水的同意之前，先和藤吉老頭聊聊也不錯。那些老人們應該也贊成湧水和我結婚。當湧水難為情，對和我結婚的事露出躊躇之色時，有那些老人們的同意，將會是一大助力。

好，就這麼辦吧。我朝他們的住處走去。廣場的敲打聲和大叫聲，在我背後逐漸遠去，愈來愈小聲。我走過前幾天撿拾薪柴的那一帶，朝茅草屋頂的建築走近。

樣子不太對勁。屋子的拉門倒在地上。外頭吹著強風，或許是風吹而脫落。我幫他們立起來吧。當我站向那敞開的門口時，傳來一股潮溼的腥臭。

屋內有一團漆黑的暗影。毛色烏黑，體型像山一樣巨大。那東西背對著我，弓著身子，發出卡滋卡滋的聲響。牠把鼻子戳向躺在地面的東西，一陣翻攪。地上那是藤吉的臉，還有其他老人的臉。毀損的程度，已難以辨識面貌，但應該是他們沒錯。血和內臟散落一地，他們已經喪命。我悄悄往後退。我感覺熊隨時都會感覺到我的氣息，停止啃食，轉過頭來望向我。但我最後還是平安地遠離那間屋子，拔腿飛奔，朝廣場衝去。來到聲音能傳向廣場的距離後，我放聲大喊。

熊先前往廣場。我因恐懼而雙腳無法動彈，只能躲在附近的屋子後方，全身簌簌發抖。村民們似乎因為我的叫聲而發現熊的來襲，但事前的計畫最後還是以失敗收場。儘管敲打樹枝，大聲吼叫加以恫嚇，但那頭熊還是從容不迫地往廣場而去。明白此舉無效後，女人和孩子們紛紛驚聲尖叫，做鳥獸散。熊朝逃亡的人們追去。手持火把的男子們，一臉英勇的表情擋住熊的去路。但那頭熊完全沒把火焰當一回事，牠前腳一揮，便讓第一個人再也發不出聲音來。只見男子受到一陣令他全身彎折的強大衝擊，跌落地面，鮮血馬上在地面擴散開來。

其他男人則是握著火把四處逃散。其中一人朝我躲藏的方向跑來，恰巧熊也朝他追來。每當牠腳蹬向地面，就會傳來震動。當男子來到屋子的轉角處時，正好被熊追上。男子被勾住腳，跌了一跤。那巨獸的叫聲猶如地鳴般，令人五臟六腑隨之顫動。倒地的男子勇敢地用手中的火把打向熊的鼻子，但熊張開牠的血盆大口，男子右肩以下的部位瞬間被咬掉。骨肉整個被扯下，鮮血從熊的口中淌落。男子的悲鳴聲旋即消失，傳來碎骨的啪嚓聲，隔著屋子轉角的前方，鮮血擴散開來。

我心想，得趕快逃離這裡才行，但偏偏雙腳無法動彈。如果熊的鼻子真比狗還靈敏，那麼，接下來牠要襲擊的對象，或許就是躲在屋子轉角處後方的我。我齒牙交鳴，淚如泉湧。噗咻——傳來熊呼出鼻息的聲音。隔著轉角，噴出一道血霧。熊巨大的身軀緩緩從前方露出。我全身虛脫無力，只能趴在地上。牠的雙眼已朝向我，眼神中帶有「找到下個目標了」的含意，但我在遭受攻擊前，聽到和泉蠟庵的聲音。

「耳彥，快站起來！」

一塊大石頭飛來，直接命中熊的頭部。和泉蠟庵和輪站在不遠處。輪撿起另一塊石頭，遞給和泉蠟庵，他瞄準熊擲出，這次同樣命中熊的頭部。輪扯開嗓門大叫。

「不能背對牠！也不能移開目光！要慢慢往後退！」

然而，熊已沒望向我。牠的鼻子轉為朝向對牠丟石頭的兩人。和泉蠟庵和輪發現後，急忙逃跑。兩人開溜後，熊也鼓起四肢的肌肉，朝他們追去。兩人往斜坡的方向逃去。是上坡。他們想帶著那頭熊離開村子。要是成功就能放心了，我由衷感謝他們。

兩人越過小河，全力快跑。一開始是蠟庵先爬上斜坡，他的背影消失在叢林前方，輪也緊跟在後。這麼一來，他們應該再也無法回到村子裡了。因為這座山只有上坡，沒有通往下方村落的道路。

熊原本也追在兩人身後，準備進入斜坡，但突然停住。因為一名手持火把的男子，一面叫喚剛才被咬死的男子名字，一面從旁邊奔來。他以火把抵向熊的側腹。可能是見同伴遭殺害，一時怒不可抑吧。如果沒給熊一點教訓，他嚥不下這口氣，而熊也因為這樣而停止追逐蠟庵他們。熊與揮動火把的男子對峙，飛身撲向他。男子發出分不清是怒吼還是悲鳴的叫聲，但旋即轉為沉默。接著熊又返回村內，牠沒走進斜坡，再度回到村裡蹂躪。

地獄景象再度重現。熊追逐村民，覆在他們身上，讓他們化為肉塊。火把的火焰往屋子延燒，升起黑煙。在這種狀況下，當我不知該如何躲開那頭熊時，我發現一名淚流滿面的孩子，一臉茫然地呆立原地。我一把抓住他纖瘦的手臂，拖著他走。還有個女人蹲在草叢中。我拉她站起身，從她背後推著她走。

「快逃吧！繼續待在這裡，大家都會死！」

熊在破壞屋子，破壞的聲響傳向遠處。似乎有人躲在屋裡，塵煙隨著悲鳴聲一同升向天際。我們不顧一切地朝熊的相反方向逃命。不久，我們看村莊的角度變了，不知何時，我們已走在一處可以俯瞰村莊住家的場所。我們似乎已走上斜坡，站在高處俯瞰悲鳴與破壞聲頻傳的村莊。在屋舍間行走的那頭熊巨大的身軀，在濃煙的阻擋下，還是看得出來。

我試著想走下斜坡，但當我跨過樹根時，不知不覺間又朝斜坡上走去。途中跟著我一起逃跑的孩子和女人，一直跟在我身後，其他幾名逃散的村民也和我們會合。他們都是在不知該如何逃離那頭熊的過程中，一時離村莊太遠，誤闖斜坡。

會合的村民當中，也有湧水。她一臉不安，說她很擔心留在家裡的那幾名老人。我猶豫了一會兒，但最後還是說出在她家中看到的景象，藤吉他們已全都喪命。正當我看湧水淚流不止，不知該如何是好時，早一步離開村子的和泉蠟庵和輪發現我們，朝我們跑來。

「不要緊吧?!」

這麼一來，不就又回到原點了嗎？不，事態變得更糟。因為我們再也無法回到村內。

「或許還有其他離開村莊的倖存者，我們到附近找找吧。把倖存者湊齊後，一起出發。熊或許會再追來，也可能不會，總之，先往山上走吧。」

「往山上走？接下來會是怎樣的情況？」

蠟庵回答我的問題。

「如果這座山有山頂，接下來或許就是下坡了。」

「為何你這麼想？它也可能一直都是上坡吧？或許它就是這麼奇怪的一座山。」

「如果真是那樣，山會往上無限延伸，太陽應該會被它卡住才對，但太陽在空中由東往西行。因為有厚厚的雲層，無法清楚看出太陽的行進軌跡，但有晝夜之分，不就證實了這點嗎？我希望這座山有山頂，然後再上去就什麼也沒有。我們就先到上頭去一觀究竟吧。」

如果是一座普通的山，只要來到山頂，再來便是下坡。同樣的道理對這座山一樣行得通嗎？雖然心中不安，但我們還是決定相信蠟庵的話。面對眼前那不合理的死法，我們個個都因恐懼而呆立原地，很希望有人可以下達指示，讓我們依從。

開始找尋倖存者後，我們發現一名蹲在樹下簌簌發抖的女人，也與一名帶傷逃離村莊的男子會合。據他所言，現在村裡似乎已沒留下任何活口。為了謹慎起見，我們全員合力朝村子叫喚道：「如果還有人活著，就離開村莊，往山坡上走！」但沒有回應，也不見任何人走出村莊。從山坡上可以望見那頭熊大搖大擺地穿梭在屋舍間，牠正在啃食屍體。我們轉身背對那幕光景，開始上山，朝山頂而去。

我才剛到這座村莊不久，對這塊土地沒有太深的情感。但其他人對於此刻非得離開這個住慣的場所，不禁長吁短嘆。為了安慰他們，我朗聲道：

「各位，別這樣哭喪著臉嘛。只要翻過這座山，或許就能抵達山腳。到時候不就能和久違的家人重逢嗎？有漂亮的衣服可穿，還有美酒喝呢。」

眼前有條道路。兩側雜草叢生的窄路，但好歹比空無一物的斜坡來得強。和泉蠟庵走在前頭，輪跟在他身後，我和其他村民則是尾隨在他們兩人之後。現在一共有十一名村人。原本村裡有二十人之多，所以這表示有將近一半的人命喪熊口。

「要是能待在村裡就好了。只要躲好，熊或許就會離開村子，我們也又能繼續在村裡生活。」一名男子感嘆道。「別再說這種話了。要是繼續待下去，或許會沒命的。」另一名男子向他講道理。「接下來不管走再遠，一定還是什麼都沒有。」一名女子哭哭啼啼地說道，緊接著另一名中年女子也說出很不吉利的話來。「那頭熊一定很快就會追上來。我們都會被牠給吃了。」

來到一處分不清是雜樹林還是岩地的場所。我們相互攜手，爬過眼前的每一塊岩石，往山頂而去。我心想，如果是這裡，不就能往下走嗎，於是試著爬下岩地。但還是行不通。當我一面用腳探尋踏腳處，一面爬下岩地時，不知不覺間，整個人已夾在岩石間的死路當中，動彈不得。就算想改從其他岩石往下爬，最後還是陷入無路可走的窘境。這座山似乎不管怎麼做，就是下不了山。

空中的雲層愈來愈近，從樹林間飄出白霞，一陣飽含水氣的涼風徐來。繼續往前走，四周已是一片白茫，幾乎無法辨識彼此的五官，最後似乎走進了雲中。我們特別小心留神，不與走在身旁的人走散。

自從告知湧水老人們已死的消息後，她便顯得鬱鬱寡歡，不發一語。她低著頭走在眾人身後，但步伐緩慢，待我發現時，她已離我們一大段距離。湧水跌了一跤，蹲坐地上，其他人渾然未覺，就此走遠。我扶湧水站起，牽著她走。

「關於藤吉他們的事，真是遺憾。」

我走在雲霧籠罩的岩地間小路上，如此說道。湧水點了點頭。

「他們很照顧我。」

前方傳來一陣像地鳴般的低沉聲響。在朦朧的白色景致中，浮現一座瀑布。由和泉蠟庵帶頭的那群村民們，在那裡停下歇息，望著那座瀑布。從崖上落下的水流，宛如一條細長的絲帶。它湍急地注入溪流，濺起的水花籠罩這方圓數尺之地。村民大感震驚，雖然他們長期住在村裡，但似乎完全不知山坡上有這麼一座瀑布。

我們接連數晚都在登山。夜晚擠在一起睡，以樹果或山菜充飢。不管走再久，始終走不出這片雲霧。有時雲層會因風向而轉薄，但始終不見雲層完全散去，無法清楚看見山頂。所以我們一直看不到終點，也不清楚還得繼續往上走多遠才夠。若以一般的情況來說，山頂附近氣溫寒冷，嚴重一點甚至還會降雪。但值得慶幸的是，這裡並沒那麼冷。我們目睹了各種事物。一個像是龍的巨大白骨，從山崖上露出半個身軀。還遇到一群會用道具的猴子。他們會用火，以火把照著我們，對我們充滿提防，但很快就跑遠了。還發現有人住過的村落殘骸。村民們看了之後大感驚訝，沒想到除了他們之外，也有其他無法離開這座山的人們所建立的村莊。但這裡似乎發生過一場廝殺，每個遺骨上都有遭武器攻擊的痕跡。

「本以為要是蠟庵老師在前面帶路的話，或許會迷路，而順勢走出這座山，但看來這次是行不通了。可能是這座山把人留住的力量來得更強吧。」

眾人圍在篝火旁時，輪如此說道。村民們個個比肩而坐，面露和諧的表情。那起熊襲擊人的事件發生至今，已過了數日，當初的哀傷已逐漸轉淡。雖然還是有人終日悲嘆，但已開始聽得到笑聲。入夜時，他們個個都想聽蠟庵的迷路傳奇，於是擅長解說的輪，便向村民道出我們在旅途中發生的各種玄奇遭遇。

「……因為這樣，當時耳彥先生一樣闖了禍，經歷一場悲慘的遭遇。故事說完了。」

輪說的故事，最後總是拿我當結尾。

「喂，別拿我當故事結尾。」

「但真的是這樣啊。要是你沒喝醉酒，沒沉溺於賭博的話，往往就不會發生那些麻煩事，你不覺得嗎？」

「才不是呢。有時確實是我不好。但歸咎主因，都是因為蠟庵老師愛迷路的老毛病吧。」

每次我和輪拌嘴，村民們總會哄堂大笑。這時候，湧水也會跟著嘴角輕揚。

不久，穿出那團雲霧的時刻終於到來。在和泉蠟庵的帶領下，我們這天走在一處寸草不生，只有岩石的悄靜之所。那是只有一片白茫，景致單調的場所，但不知為何，看到不少動物。鳥、蛇、昆蟲，各種大大小小的生物都聚集在這處岩地上。聽和泉蠟庵說，牠們可能和我們一樣，都是無法下山的生物。或許不是刻意往山頂走，但漫無目的遊蕩，很自然地來到了山上。後來又走了一段路，一陣風來，雲霧散去。村民們發現景色的變化，紛紛放聲大叫。

「看！是山頂！」

來到雲海上方一看，山脊線從多處視野的角落斜向往上而去，往空中的某一點匯聚。那裡就是山頂。我望向山頂的上空，那是布滿星辰的遼闊天空。太陽剛好位在和我們相同的高度，即將沒入雲海。

我朝山頂走去，定睛凝望，看出在山頂那一帶好像有一片竹林。岩地的途中立著一座巨大的鳥居，後方是一座蜿蜒的階梯。這究竟是何人所建造的呢？一直走在山坡上的我們，此刻踩在階梯的平坦地面，不禁露出歡顏。當時太陽已下山，天空轉為深藍色的夜。皎潔的明月高懸，拜此之賜，地面相當明亮。如果是平時，這時候應該已開始生起篝火休息了，但因為山頂就在眼前，所以沒人停下腳步。

四

走上樓梯後，有一座鳥居，前方是一條筆直的砂石路。那裡有一座古老的神社，正殿並不大，但周邊有好幾棟房子相連。

小河和池子穿梭於竹林間。感覺不出有人，但星輝與月光照耀出來到此地的動物們，蛇、龜、貓、猴子都聚集在參道上。我們避開動物，小心不去踩著牠們，像受到牽引般，來到正殿前。

正殿的屋頂呈翹曲狀，形成長長的曲線。屋柱的木頭乾燥，顏色如同石頭一般。看不到香油箱。不知是何時由何人所建，建造的目的為何？這時有位村民質疑道：「這座山全是上坡路，該不會就是因為這座神社吧？所有生物都來到了這裡，不是嗎？」

和泉蠟庵仰望夜空。感覺星月離我們好近，彷彿伸手就能搆著。驀地，一道流星劃過，以飛快的速度留下長長的尾巴，從貼近雲海的位置掠過。

「就像天狗一樣。」

他低語道。

「雖然不清楚是真是假，不過有人說天狗原本指的是流星。可能是以前的人們一看到流星，便想像是有人從空中飛過。」

我們在神社境內查探。如果這座山只有上坡，那麼，位於山頂的這個場所想必會聚集更多動物才對。應該會陸續從山腳吸引動物過來，幾乎擠滿這個地方，層層堆疊，以動物的屍體疊成一座高塔，但是卻看不到這幕景象，這是為什麼？

仔細一看，動物們都往同樣的方向移動。鳥、昆蟲、長有鱗片和尾巴的生物、用兩隻腳行走，毛茸茸的小型動物，從我們剛才走來的神社正面行經參道走來，朝正殿接近。就像水流繞過岩石一樣，這些生物們也在正殿前自動分成左右兩列，沿著外牆走往後方。正殿後方也有路，再過去又是一座鳥居。生物們往那個方向遠去。每隻動物的動向都不相同，也有一些往竹林走去，但大致都是這樣的走向。穿過神社後方的鳥居後，竟然是下坡路段。那些生物們全都往下坡走，無一例外。

「這下回得去了，能夠回到山腳去了。」

我們歡天喜地。村民們朝和泉蠟庵跟前跪下，開始叩拜。村民們淚流滿面地說「這都得感謝您啊」，令和泉蠟庵一時不知如何自處。

「我什麼也沒做啊。」
「不就是您在前頭帶路嗎。」
「不管是誰在前方帶路，最後應該都能抵達這裡。」
村民們當蠟庵這番話是謙虛。
說到山頂，總會給人一種荒涼的印象，但這裡的土地卻意外的肥沃豐饒。除了竹子外，還有各種植物，生長繁茂。有桃樹和橘子樹，我摘下果實嚐了一口，香甜的汁液在口中擴散開來，令人精力湧現。輪用手查探地面的泥土，說道：
「應該是被引來山頂的生物，讓這裡的土地變得肥沃。」
生物在這一帶死亡，化為泥土的一部分，或是在這裡留下的糞便成了肥料，賜予植物活力。神社境內也有農田。看起來不像有人維護，雜草叢生，昆蟲在此恣意生長。如果在這裡種菜，肯定會大豐收。田裡擺著鋤頭和鐮刀，村民們見了，發出驚呼。
「是鐵！」
村民們向來都以磨尖的石頭當農具，所以應該是覺得很懷念吧。這裡的每一把農具都沒生銹，從沒見過這麼新的鐵器。
「還有榻榻米呢！」
一名在神社境內調查的男子，在其中一棟房子裡發現榻榻米，喜不自勝。他脫下草鞋，走進建築內查看，屋內瀰漫著燈心草[13]的氣味，他備感懷念，眼淚奪眶而出。我們拂去全身的塵埃，躺在榻榻米上。屋裡的房間，約有數十張榻榻米那麼大。

「本以為這輩子再也沒機會躺在榻榻米上了。」

村民們喜極而泣。雖然很興奮，但還是有人忍不住打起了哈欠。孩子在女人的臂彎裡闔上眼。我們以這間和室當作今晚的臥室，雖然沒有棉被，但連日露宿的我們根本不在乎。我敞開手腳，開始呼呼大睡。多虧今天有星月相伴，屋外相當明亮，隔著紙門也感覺得出來。一股深深的安心感將我包覆。再來只要下山就行了，一點都不難。

我因有人走動而醒來。本以為已經天亮，但四周還是光線昏暗。大家都打開紙門往外瞧，於是我也湊向前。

「搞什麼，還沒天亮啊。」

天空昏暗，點點星光散布於竹林之上。我打著哈欠，打算再度朝榻榻米躺下。但輪卻說道：

「不，太陽好像已經出來了，只是……」

輪顯得有點困惑不解。我試著到外頭查看，發現太陽的確來到雲海之上，陽光幾乎是從水平方向照向山頂。雖然是直刺而來的強烈亮光，但不知為何，天空依舊昏暗，星星仍高掛天際。這座山可能是穿透了天空。山頂位於藍天之上，所以就算太陽升起，還是像夜晚一樣，滿天星辰。我向和泉蠟庵詢問，他也說這種地方他第一次見識。

總之，拜陽光之賜，我這才得以明亮地看清楚四周。在橫向的亮光照射下，神社的黑影往另一側無限延伸，明亮的部分與黑暗的部分清楚地一分為二。村民們前往蒐集早飯的食材。女人們前往採集果實，男人們則是在神社境內抓雞和野兔。

我和湧水一起到外頭掘竹筍。待天亮後一看，才發現神社的占地泰半都是竹林。深處有一塊巨石，四周圍著注連繩，表面覆滿青苔，無比碩大。湧水朝它雙手合十，行了一禮。我們雙手沾滿泥巴，掘出像嬰兒般的竹筍。這時我被東西絆住，跌了一跤，湧水馬上奔向我身旁，替我擔心。經歷了這趟前往山頂之旅，我與她之間的距離拉近了。湧水雖然不曾主動與我說話，但我和她交談時，她已不會逃走，也不會露出困擾之色。這應該可以證明她並不討厭我。

我為了挖竹筍而蹲下身，這時我底下剛好有另一根竹筍。它突尖的部位直接刺向我的屁眼，我慘叫一聲，伸手直揉屁股。湧水則是一臉驚訝的表情目睹了整個經過。

「我當然是故意的，因為我剛好覺得屁股癢。」

13. 用來做榻榻米的植物。

我佯裝平靜，湧水見狀，似乎再也忍俊不禁，摀著嘴笑了起來。我雖然感到羞愧，但湧水的笑臉不像是在嘲笑我的糗態。那是像孩子般無邪開朗的笑容。自從她很珍惜的那些老人遭熊殺害後，不，在那之前，我便從沒見過她這樣開懷大笑。

「好，既然妳覺得這麼有趣，那我就多讓竹筍刺幾下屁股吧。」

「請別這樣，會受傷的。」

「就算受傷也無妨。湧水，如果妳看到大小合適的竹筍，請叫我一聲。」

「我不要，這樣竹筍就不能吃了。」

每次和她聊天，心裡就升起一股暖意。她過去是抱持怎樣的感受和想法在面對人生呢？是在怎樣的父母底下生活，被強迫接受怎樣的婚事，然後就此逃家呢？我很想問清楚一切。但口中說出的，卻都是一些無關緊要的閒話。

和泉蠟庵站在正殿前，從入口處往內窺望。正殿入口有一扇雙開門，上半部呈格子狀，所以不必打開也能窺見裡頭的情形。我和湧水也對此感興趣，來到蠟庵身旁，從格子縫隙往內細看。裡頭空空蕩蕩。有個臺座，上頭供著一面圓鏡。鏡子的直徑與一口井差不多大小，我從沒見過這麼大的鏡子。

「好氣派的鏡子啊。」

湧水道。我不清楚它的歷史有多悠久，不過看它的表面沒半點髒汙。上頭清楚映照出我們往正殿內窺望的身影，宛如眼前站著我們的分身一般。於是我向和泉蠟庵提議道：
「我們進去裡面就近細看吧。」
「使不得。不知為何，這扇門被釘死，不讓人打開。就算能進入裡面，最好也還是別這麼做，似乎有危險。剛才我目睹一隻飛蟲穿過格子間的縫隙，被吸進鏡子裡，就此消失不見。」
「消失不見？」
和泉蠟庵頷首，抓了一把正殿地面的沙子。在格子縫隙前張開手掌，朝裡頭吹出手裡的沙子。像輕煙般揚起的塵沙，旋即出現奇異的現象。它們就像受到拉扯般，被吸往鏡子表面，然後就此往鏡中凝聚，沙子緊黏在鏡子表面。不光如此。沙子開始發出啪嚓啪嚓的聲響，爆裂粉碎，就此消失，最後什麼也不留。
「一走進正殿內，就會落入鏡子裡。似乎愈是靠近，拉扯的力量就愈強。你只要手伸進格子裡就會明白。」
格子的縫隙相當大，伸得進整隻手臂。我試了一下，手臂伸進正殿後，不是往下垂落，而是往鏡子的方向被拉扯。但那不是被人一把握住手臂的觸感，而是連手臂裡的血液也被吸過去，凝聚在指尖，幾欲往鏡子的表面滴落。
「走進這座山的生物們之所以會被引來這裡，或許就是因為這面鏡子的緣故。不過它的力量並沒有那麼強，只要待在正殿外，就不會掉入鏡子中。」

我把竹筍交給湧水，要她先回村民身邊。我決定和蠟庵繼續查探這座神社的真實身分。我們逐一走進每棟屋子，查看裡頭的房間。之所以沒和湧水一起走，是因為我決定一看到值錢的東西就要帶走。

好奇心旺盛的輪，也開始調查起這座神社。輪在一棟建築中發現有人住過的痕跡，裡頭有餐具和茶具，房內角落還擺著衣服，上頭蒙上厚厚一層灰。輪說那衣服若要供大人穿，略嫌小了點，所以應該是孩子的衣服。

「之前有小孩子住這兒嗎？他現在人在哪兒？」

「我不知道。從這厚厚的灰塵來看，好像很久沒人住了。」

我心想，或許在屋裡的某處會有對方的遺骨，因而四處找尋，但始終查無所獲。裡頭有不少房間，有單調的木板地房間，也有擺滿風格特異的裝飾物及陶壺的房間。裡頭有金色的壺，我猜它應該能賣不少錢，因而試著把它抬起，但實在太沉，根本抬不動。不過，我從壺中發現像是孩童塗鴉的東西。

那是以筆墨在上好的紙張上畫成的圖畫，但似乎被揉成一團丟棄。一共有三張，一張是山川和松樹構成的風景畫，此外還有屋子的圖畫，另一張則是畫了某種圖案。每一幅看起來都很不起眼，但或許可充當線索，查出住這裡的人是什麼身分，於是我把它交給了和泉蠟庵。

他朝那些圖看了一眼，露出驚訝的表情。接著表情轉為凝重，沉默不語。平時和泉蠟庵不會擺出這種表情，連輪看了也擔心地問道：

「蠟庵老師，怎麼了嗎？」

「不，沒什麼。請給我一點時間好好思索一下。輪，麻煩帶我去妳發現衣服的那個房間。」

和泉蠟庵被帶往那個房間，他開始小心翼翼地一一拿起衣服和餐具觀察。陽光穿透紙門，從旁照向他的側臉。他的神情顯得很溫柔。外頭傳來村民的叫喚聲，似乎是早飯準備好了，但和泉蠟庵置若罔聞，直到我和輪叫喚他，他這才抬起頭來。

「你們先去，我留在這裡再調查一會兒。」

「你看出什麼了嗎？」

「這裡或許是我一直很在意的地方。」

他說了這麼一句後，又轉頭望向房間。我與輪面面相覷，最後決定暫時不打擾他。

村民們從其中一棟建築發現廚房，在那裡準備早飯。切好兔肉，和竹筍一起烹煮。廚房裡有鐵製的菜刀和鍋子，女人們似乎很開心。祭完五臟廟後，開始為下山做準備。只要走出神社後方的鳥居，就是一路綿延的下坡路。雖然不清楚得再走多久，但早晚應該都會走出這座山才對。到時候就會有美酒和骰子，那是我們住慣的地方，但如果要讓湧水幸福，酒和骰子都非得戒掉不可。

「湧水，我會戒酒戒賭。」

我拉住在竹林裡陪孩子玩的湧水，對她說道。她露出詫異的表情，一副聽不懂我在說什麼的表情。我執起她的手後，她的肩膀微微顫動。待孩子離開後，竹林裡只剩我和她。如柵欄般排列的竹子，在地上留下好幾道長長的黑影。

「今後我再也不旅行了，會找一份正當的工作。妳願不願意和我一起生活？」

「生活？」

「沒錯，和我結婚吧。」

湧水露出驚訝的表情，接著羞赧地垂眼望向地面。

「……這對我來說，有點……」

「咦，不行嗎？」

對於這意外的回答，我感到大失所望。我只想到下山後要和湧水一起共組家庭，萬萬沒想到會遭到拒絕，但她接著搖頭道：

「不，我不是那個意思。」

「妳討厭我嗎？」

「沒這回事……」
她低著頭，臉紅過耳。聽藤吉老頭說，湧水當初因為排斥結婚而逃家，最後誤闖這座山。但此時眼前湧水的反應，看起來不是那麼強烈排斥。看來，她還沒完全拒絕我。非但如此，甚至還透著一絲希望。湧水低著頭道：
「我覺得耳彥先生您是位很可愛的人。」
「那麼……我們要是能順利下山，到時候再告訴我妳的決定！」
湧水頷首，一臉嬌羞地轉身跑遠。我則是呆立原地，被一股濃濃的幸福感包覆，幾欲就此融化。她說我是個很可愛的人，真沒想到她會這樣形容我，一股暖意盈滿我胸臆。過去我一直過著恣意妄為的人生，但要是能和湧水一起，我覺得我能改變。就算滴酒不沾，應該也還是能入睡。只要湧水對我微笑，我根本不需要骰子。我會改變，一定會的。
這時，從湧水離去的反方向傳來一聲尖叫。鳥兒們喧鬧的振翅飛離竹林。
不知發生了何事，我惴惴不安地前往尖叫聲傳來的方向查看。那正好是太陽的方向，竹子筆直的陰影落向我的身體和臉上。
竹林間有座池子，有一位男性村民浮屍浮在池上。他的血染紅了池水，被拉扯出的內臟一路連向池邊，他的前方有一名持續尖叫的女子，是一路和我們同行的村民。

女子的面前站著一隻以雙腳站立的巨大生物。牠看起來是那麼高大，幾乎可直達星空。只見牠前腳一揮，女子的尖叫聲立刻戛然而止。女子挨了一擊，朝我的方向飛來，直接撞向竹子，身子就此彎折，竹子因這股衝擊力道而晃動。

傳來一陣令人聯想到地鳴的咆吼，某處傳來群鳥振翅齊飛的聲響。是襲擊村莊的那隻熊，體型和長相都完全一樣。看來，牠也離開村莊，一路爬上山坡來到這處山頂。

熊發現我，朝我靠近，宛如一座山向我逼近。我緩緩往後退，牠也跟著緩緩前進。待我轉身發足狂奔，牠也用力往地上一蹬，直衝而來。我奔過竹林，放聲叫喊。熊緊追在後，啪嚓啪嚓地折斷兩旁的竹子。咆吼聲從我耳後傳來，要是被牠的爪子逮著，我肯定小命不保。

當我的腳勾到竹筍，差點跌倒時，我自製的骰子從懷中掉出。那是之前待在村子裡時，我以石頭削製而成。現在根本沒空撿，但當我目光望向那顆掉地的骰子時，我看到坐落於竹林間的那塊巨石。它下半部嵌進地下，上半部突出於地面。它相當巨大，得抬頭仰望才得以一觀全貌，表面覆滿綠色青苔，外頭纏著粗大的注連繩。

如果一直這樣逃下去，早晚還是會被熊追上。只好賭一把了，我暗自做出判斷，朝巨石的方向奔去。一抵達巨石前方，我便奮力朝它撲去。它的表面沒有任何可供攀爬之處，但我以注連繩當踏腳處，成功撐起身體。

好不容易才爬上巨石，縮回雙腳，這時熊也追了過來，伸爪攻擊我腳下的位置。青苔被削去，四處飛散。熊發出咆哮，傳來幾欲令五臟六腑為之翻轉的強烈震動。緊抓在巨石上的我往下窺望。熊伸長前腳，不住搔抓巨石的上緣。要是這塊巨石小上一圈的話，牠的爪子就搆得到我了。

熊以前腳用力推，想將巨石推倒，但儘管牠擁有壓倒性的蠻力，還是無法撼動巨石分毫。接著牠想跟我一樣往上爬，但儘管牠以爪子抓向巨石表面，也只是造成青苔剝落而已。牠的前腳勾向注連繩。原本我很擔心牠會踩著注連繩爬上來，但好在注連繩承受不了牠的重量，就此斷裂。拜此之賜，那頭熊只能在巨石下徘徊，向我恫嚇。

那頭黝黑的生物仰望著我，眼中不帶任何情感。牠是在等我下來嗎？我趴在巨石頂端，小心不讓自己滑落。

「可惡！快到別的地方去！快消失吧你！」

我朝那頭熊臭罵一頓，還扯下巨石上的青苔丟向牠。與熊對瞪是很恐怖的事。熊這種全身黝黑，以雙腳步行的生物，有時看起來就像人類的影子。彷彿人影有了厚度，變得膨脹，前來取我們的性命。為了逃離這樣的恐懼，我應該什麼事都做得出來吧。熊的呼吸聲變得急促，緩緩在巨石四周踱步。隔著牠的體毛，可以看出牠骨骼和肌肉的動作。

「閃一邊去吧，渾帳東西！」

我淚水鼻涕直流，朝牠丟擲青苔。熊無視於這一切，但不久，牠開始以鼻子嗅聞，轉身背對我。牠一路折斷竹子，往竹林前進。待牠的巨大身軀遠去後，我這才安心地蹲下身。熊一直都沒折返，但取而代之的，卻是從正殿方向傳來幾聲尖叫。似乎是熊前往眾人的所在地。但就算我現在趕去，也幫不上忙吧。我並未爬下巨石。

我仰望天空，只見竹子從我視野的周圍往中心匯聚延伸。星辰在它們的上空閃耀。悲鳴聲逐漸變小，最後化為沉默。熊的咆吼聲停了，也許大家都死了。難道殺戮已經結束？還是大家都逃往下山的路，熊又追向前去了呢？究竟有幾個人生還？湧水平安無事嗎？和泉蠟庵和輪呢？

我猶豫該不該爬下巨石，前往查看。如果熊還在這附近的話……牠該不會守在一旁，在等我來到地面上吧？但我已拿定主意，從巨石上一躍而下。

我穿過竹林，朝正殿走去。在平靜的氣氛下，傳來啜泣聲。我得知還有生還者，鬆了口氣。我快步奔向前，發現正殿四周聚集的人比我想像中來得多。沒看到那隻熊，可能是有人趕跑了牠。和泉蠟庵和輪也平安無事，他們兩人在忙著照顧傷患。

「耳彥先生，你沒事啊。你剛才是躲在哪兒啊？」

輪一臉陰鬱地說道。我環視四周。

「我待在巨石上。對了，湧水在哪兒？那頭熊怎麼了？」
輪的表情為之一僵。她拿布抵在呻吟的傷患傷口處，沉默不語。
「熊死了。」
和泉蠟庵一面餵傷患服用煎藥，一面說道。這應該是舒緩疼痛的藥吧。
「死了？怎麼做到的？」
他轉頭望向正殿。正面的門板倒塌。我記得那裡原本沒打開，從跡象看來，似乎遭受過巨大力量的破壞。地上滴著血。正殿入口處染成一片紅黑色，但我看不出是誰流了這麼多血。來到山頂的動物們，似乎對熊來襲的事毫不在意，在正殿前自動分成兩路，繞過正殿走向後方。
「湧水在哪兒？」
面對我的詢問，沒人回答。倖存的村民們露出哀矜之色。我走近正殿，往內窺望。那巨大的圓鏡仍擺在臺座上，和早上一樣。除了門板和格子碎片撒落在門口外，沒有什麼不一樣的地方。
「耳彥，別進去。」
蠟庵伸手搭在我肩上。
「你會被吸進去的，我們親眼目睹熊掉進裡頭。」

掉進裡頭？

「你忘記我今天早上告訴你的事嗎？只要靠近鏡子，就會被它拉過去，掉進裡頭。它就是這座山上一切怪異現象的源頭。」

那面圓鏡擦拭得無比晶亮，不顯一絲髒汙，也沒半點彎曲。映在鏡面上的影像極度逼真，感覺就像正殿深處設了一扇圓窗。根據蠟庵的說明，當熊出現開始攻擊人們時，湧水在正殿前朝那頭熊叫喚。

「過來這邊。」

今天早上，她和我一起聽聞關於這面鏡子的事。所以她知道當熊靠近這面鏡子時，會發生什麼事。熊靠近湧水，將她的身體連同正殿的拉門一同撕裂。湧水雖然倒在地上，卻仍在地上爬行，進入正殿，爬向鏡子的方向。熊追向前，一口咬住湧水。就在這時，湧水的身體開始落向鏡子表面。熊也被拉了過去。愈接近鏡子，掉落的速度愈快。儘管來到鏡面前，那股拉扯的力道一樣沒減弱，骨頭和肉體被壓碎，身體壓縮成平面，湧水和熊的身體皆失去原有的形體。最後化為緊貼在鏡面上的薄薄一層肉，然後繼續碎裂，到幾乎可以透過它看見鏡面的程度，不久後便完全消失。

五

天上的繁星無限遼闊，一路綿延至雲海與夜空的交界線。太陽沒入雲層後，月亮隨之增輝。望著星辰的移轉，我們感覺恍如站在一個巨大的托盤中。好似一個布滿點點亮光的半球狀天空，在托盤上方轉個不停。

為了埋葬死者，我們在山頂上多待了一晚，為死者生火舉行喪禮。砍下竹子焚燒後，會發出啪嚓聲破裂。膽小的動物害怕這聲音，紛紛逃離。火粉飄向空中，冷卻後消失無蹤，看起來就像加入了群星的行列中。

聚在山頂上的動物們，即使入夜後仍舊不絕於途。在篝火的亮光照耀下來到正殿，從旁邊走過，就此遠去，如同前來參拜的旅人。

翌日，我們離開山頂。沿著通往正殿後方的道路直直走，來到那座鳥居前。前方是蜿蜒的下行階梯。我們和結束參拜的動物們一起穿過鳥居，戰戰兢兢地走下階梯。沒發生任何怪事。先前來這裡時，只能往上走，但現在已經有辦法往下走。竹林與神社所在的山頂，逐漸被拋在後方，我們走進雲海中。這次似乎變成只能下山，如果想往回走就會迷路，最後又成了往山坡下走。湧水消失的那座神社，再也不可能回去了。

村民們聊到在山頂上喪命的同伴。好不容易來到了山頂，最後卻還是喪命，教人無比惋惜。關於湧水，大家都很感謝她救了我們所有人，如果不是她引熊進入正殿，將會有更多人受害。

隨著山頂逐漸遠離，動物們也開始變得零散。走出雲海後，山中的綠意漸濃。為了防止失足打滑，我們走下岩地，圍著篝火而坐。飛鳥從山頂往山麓飛，就連腳下的螞蟻也往同樣的方向前進。村民們背著在神社取得的農具和鍋子。我們獵捕到一頭誤闖岩地的野豬，以鍋子煮來吃。

我原本一直嗚咽啜泣，好不容易現在才有辦法說話。

「我原本和湧水說好的，等下山後要和她共結連理。」

我此話一出，村民們都笑了。他們說，向來都怕異性的湧水，不可能會做這樣的承諾。我站起身，向他們怒吼道：

「我可不是在開玩笑。我們原本打算要一起同住，雖然沒能得到她明確的回應，但我很有希望。」

「耳彥先生，請不要再幻想了。雖說湧水小姐已亡故，但你也不能這樣亂說。」

輪以冷淡的眼神望著我。

「吵死了，妳這個矮冬瓜給我閉嘴。」

湧水應該是對我存有好感才對。一定是這樣。大家都說是我誤會了，但我不相信他們。我對輪的叨唸置若罔聞，望向天空。在厚厚的雲層阻擋下，看不見星辰，也無法看出山頂的情況。

我們接連走了幾天，終於看見山腳。在群樹間有一處山腳的平地。下坡路終於來到終點，道路變得平坦。我們順著河流走，抵達一座有水車小屋的村莊。村莊周邊布滿水田，到處都是平坦的地面。我們終於走出這座山。我轉頭仰望，確實有一座聳立的高山，但還不至於高聳入雲。困住我們的那座山，究竟跑哪兒去了呢？

和我們一起翻越山頭的村民們，各自返回自己的故鄉。道別時，他們向和泉蠟庵和輪深深一鞠躬，表示感謝之情。當中還有人緊握他們的手，淚流不止。附帶一提，我和他們兩人可就不一樣了，我沒感受到村民們的尊敬，他們只向我點頭致意。非但如此，甚至有人對我說「記得別再給他們兩位添麻煩了」。

最後留在我們身旁的，是倖存的孩子以及充當他母親的中年婦人。兩人就像真的母子般緊緊相依，展開返鄉之旅。我們先送他們到那孩子居住的村莊，接著我們又恢復為原先的三人搭檔，再度踏上探訪溫泉之旅。

「那座山到底是怎麼回事。都是因為山頂供奉那面鏡子的緣故嗎？到底是誰，為了什麼目的，供奉那樣的東西？」

輪走在幹道上，如此問道。和泉蠟庵回答：

「也許是住在山頂上的人，為了要保有充足的食物，因而特地吸引動物們過來。雖是那樣的高山，但植物卻生長繁茂。動物聚集的場所，土壤也會隨之肥沃。只要事先設下陷阱，一定會有動物上鉤。還是住在山頂上的某人，為了怕寂寞，而刻意引誘動物們前來呢？」

「是誰有這個能耐？」

如果真有人這麼做，那他應該不是凡人。

和泉蠟庵表情凝重，從懷中取出三張紙片。我記得好像在山頂某一棟屋子的房間裡曾經見過。是被揉成一團丟進壺裡的紙團，上頭有筆墨的塗鴉。我與輪分列兩旁，往蠟庵手中的東西窺望時，他這才告訴我們緣由。

「這幅畫與我小時候住的地方很像。從我家外廊往外看的景色，就如同上面所畫。而旁邊這幅畫，也很像我住過的房子，上面的圖樣讓我聯想到我家的家徽。」

看來，這三幅畫與和泉蠟庵關係匪淺，但這東西為什麼會在山頂上呢？我納悶不解。

「會不會是你自己想多了？我怎麼看都覺得這像是小孩的塗鴉呢。」

「或許吧。」

他莞爾一笑，將紙張收入懷中。

和泉蠟庵的母親小時候曾經神隱[14]，有多年的時間行蹤成謎。聽蠟庵說，一直到最後仍不知道他母親在哪裡和誰一起生活。當她神隱歸來後，甚至連人話該怎麼說都忘了，也忘了失蹤那段期間的事。過沒多久，便產下嬰兒。她神隱時，懷了某人的子嗣，而她產下的嬰兒，就是和泉蠟庵。

到現在仍舊不清楚他的生父是誰。根據傳聞，他母親是被天狗擄走。所以人們紛紛謠傳，說她該不會是懷了天狗的孩子吧，而我聽過這個說法後，覺得頗有道理。

和泉蠟庵老愛迷路的毛病，該不會就是繼承天狗的血脈使然吧？因為無法好好操控天狗血脈所擁有的靈力，才會不時像那樣走過頭吧？就像流星無法中途放慢速度改變方向一樣，蠟庵只要一邁步往前走，就會不小心一步跨過好幾個山頭。如果不這麼想，他那路癡的程度實在太詭異，根本無法解釋。

「乾脆蒐集旅途中遭遇的怪談，集結成書吧。」

就在我們再度因為和泉蠟庵迷路的老毛病而闖入一處沼地時，輪突發奇想地說道。剛才明明還走在風景絕佳的一條筆直道路上，但不知不覺間，竟然闖入這樣的地方。輪雙腳陷在泥巴裡，如此提議。

「如果旅遊書賣不好，那也沒辦法。那就一邊寫旅遊書，一邊蒐集各地的恐怖故事或

14. 古時孩子突然失蹤，人們相信是被山神或天狗帶走，所以稱之為神隱。

傳說，再加以歸納成冊，不是很好嗎？」

「那種東西賣得出去嗎？誰會想看恐怖故事啊？」

我不由自主地雙手一攤。如果是這樣，還不如將各地的賭場位置寫進旅遊書裡，但蠟庵雙腳陷在沼地裡行走，頻頻點頭。

「耳彥遭遇的恐怖故事，之前我已事先記下一些，內容出奇有趣。每次回頭看，都忍不住笑出聲來。我也一直想要哪天出書，和大家分享。」

「因為耳彥先生的不幸很有趣對吧。」

我正想發幾句牢騷時，突然一頭跌進沼地裡，渾身沾滿泥巴。他們兩人拋下我，不斷往前走。我掏出塞進耳中的泥巴後，傳來蠟庵的聲音。

「如果四處蒐集怪談，或許有朝一日也會得知家父的真實身分。」

如果和泉蠟庵的父親真是天狗，應該會在各地留下傳說故事。要蒐集這些故事肯定是件苦差事。總之，我們的旅行仍舊持續著。抵達溫泉地，調查溫泉的功效，在旅館品嘗各式珍饈。聆聽古老的傳聞、童話、老人們分享的恐怖故事。入夜後，在瀰漫著濃濃水氣的溫泉地，當只剩我獨自一人時，我便會在酒家喝得酩酊大醉，憶起那位有可能成為我妻子的女人。遙想先前在池畔邂逅她時，她的容顏和身影，還有她那頭兒低垂的嬌羞姿態以及笑聲。起初她的輪廓無比鮮明，但隨著時光流逝，漸趨模糊，最後只剩懷念的印象，存留我心中。

【日文版書封】

乙一×中田永一×山白朝子×
越前魔太郎×安達寛高
史無前例的超豪華「合作」陣容！

殺死瑪麗蘇（暫譯）

2017 拭目以待

□集滿4個印花贈品（二款任選其一）：

A：【推理謎】LOGO皮質燙銀典藏書套一個
（黑色，25開本適用，限量1000個）

B：【推理謎】吉祥物『獨角獸』圖案皮質燙金典藏書套一個
（咖啡色，25開本適用，限量1000個）

□集滿8個印花贈品（二款任選其一）：

C：【推理謎】LOGO皮質燙金證件名片夾一個
（紅色，11.5cm x 8.6cm，限量500個）

D：【推理謎】吉祥物『獨角獸』圖案環保購物袋一個
（米色，不織布材質，41.5cm x 38.6cm，限量1000個）

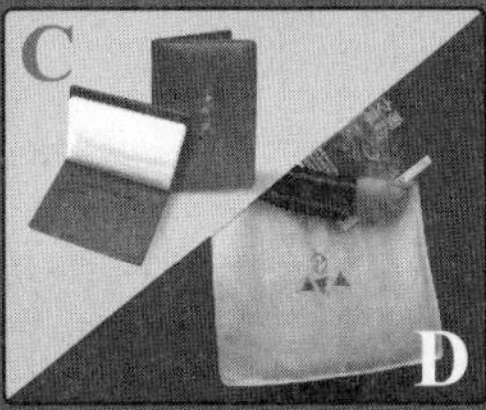

□集滿12個印花贈品（二款任選其一）：

E：【推理謎】LOGO不鏽鋼繩鑰匙圈一個
（限量500個）

F：【推理謎】吉祥物『獨角獸』圖案馬克杯一個
（白色，320cc容量，限量500個）

謎人俱樂部會不定期推出最新限量贈品提供兌換，
請密切注意活動官網和粉絲專頁。

【注意事項】
◎本活動僅限台灣地區讀者參加。
◎贈品兌換期限自即日起至2017年12月31日止（以郵戳為憑）。
◎贈品圖片僅供參考，所有贈品應以實物為準。
◎所有贈品數量有限，送完為止。如讀者欲兌換的贈品已送完，皇冠文化集團有權直接改換其他贈品，不另徵求同意和通知。贈品存量將定期在【謎人俱樂部】活動官網上公佈，請讀者在兌換前先行查閱或直接致電：（02）27168888分機114、303讀者服務部確認。
◎皇冠文化集團保留修改或取消謎人俱樂部活動辦法的權利。辦法如有更動，將隨時在【謎人俱樂部】活動官網上公佈。

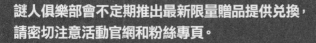

國家圖書館出版品預行編目資料

我的賽克洛斯 / 山白朝子著；高詹燦譯. -- 初版. --
臺北市：皇冠, 2017. 05
面; 公分. --(皇冠叢書; 第4614種)(乙一作品集; 7)
譯自：私のサイクロプス
ISBN 978-957-33-3296-1(平裝)

861.57　　　　106005227

皇冠叢書第4614種
乙一作品集｜7

我的賽克洛斯

私のサイクロプス

作　　者—山白朝子
譯　　者—高詹燦
發 行 人—平雲
出版發行—皇冠文化出版有限公司
台北市敦化北路120巷50號
電話◎02-27168888
郵撥帳號◎15261516號
皇冠出版社(香港)有限公司
香港銅鑼灣道180號百樂商業中心
19字樓1903室
電話◎2529-1778　傳真◎2527-0904
總 編 輯—許婷婷
美術設計—王瓊瑤
著作完成日期—2016年
初版一刷日期—2017年05月
初版二刷日期—2021年12月

法律顧問—王惠光律師

讀者服務傳真專線◎02-27150507
電腦編號◎533007
ISBN◎978-957-33-3296-1
Printed in Taiwan
本書定價◎新台幣320元/港幣107元

日文原書裝幀◎名久井直子
書封、內頁繪圖◎山本タカト
書封背景圖◎江戸名所図会

謎人俱樂部贈品兌換卡

我要選擇以下贈品（須符合印花數量）：□A □B □C □D □E □F

1	2	3	4
5	6	7	8
9	10	11	12

【個人資料蒐集、利用及處理同意條款】

您所填寫的個人資料，依個人資料保護法之規定，皇冠文化集團將對您的個人資料予以保密，並採取必要之安全措施以免資料外洩。您對於您的個人資料可隨時查詢、補充、更正，並得要求將您的個人資料刪除或停止使用。

本人同意皇冠文化集團得使用以下本人之個人資料建立該集團旗下各事業單位之讀者資料庫，做為寄送出版或活動相關資訊、相關廣告，以及與本人連繫之用。本人並同意皇冠文化集團可依據本人之個人資料做成讀者統計資料，在不涉及揭露本人之個人資料下，皇冠文化集團可就該統計資料進行合法地使用以及公布。

□同意　　□不同意

我的基本資料

姓名：＿＿＿＿＿＿＿＿＿＿

出生：＿＿＿＿年＿＿＿＿月＿＿＿＿日　性別：□男 □女

職業：□學生 □軍公教 □工 □商 □服務業

□家管 □自由業 □其他＿＿＿＿＿＿＿＿

地址：□□□□□＿＿＿＿＿＿＿＿

電話：（家）＿＿＿＿＿＿＿＿（公司）＿＿＿＿＿＿＿＿

手機：＿＿＿＿＿＿＿＿

e-mail：＿＿＿＿＿＿＿＿

我對【乙一作品集】系列的建議：

寄件人：

地址：□□□□□

北區郵政管理局登
記證北台字1648號
免 貼 郵 票
〔限國內讀者使用〕

10547
台北市敦化北路120巷50號
皇冠文化出版有限公司 收